精選白話三國演義

羅貫中　原著

商務印書館

精選白話三國演義

原　　著：羅貫中

責任編輯：吳銘

出　　版：商務印書館 (香港) 有限公司
　　　　　香港筲箕灣耀興道 3 號東滙廣場 8 樓
　　　　　http://www.commercialpress.com.hk

發　　行：香港聯合書刊物流有限公司
　　　　　香港新界荃灣德士古道 220-248 號荃灣工業中心 16 樓

印　　刷：中華商務彩色印刷有限公司
　　　　　香港新界大埔汀麗路 36 號中華商務印刷大廈

版　　次：2023 年 3 月第 15 次印刷
　　　　　© 2008 商務印書館 (香港) 有限公司
　　　　　ISBN 978 962 07 1839 7
　　　　　Printed in Hong Kong
　　　　　版權所有　不得翻印

目 錄

三國鼎立圖

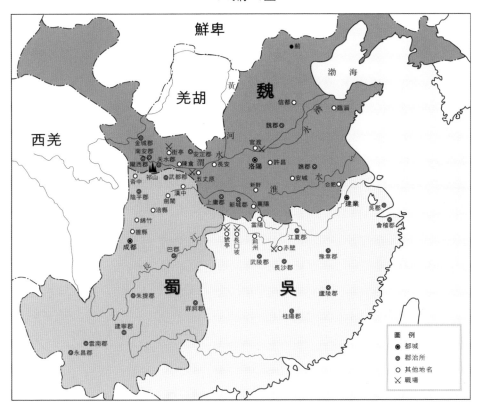

鮮卑

羌胡

西羌

魏

黃河

渤海

薊

信都

鄴郡

臨淄

官渡

洛陽 許昌 譙郡

安城 水

合肥

建業

吳郡

會稽郡

金城郡
南安郡
街亭 安定郡
天水郡 渭水
隴西郡 陳倉
祁山 武都郡 五丈原 長安
新野
淮
陰中
陸平縣 漢中 上庸郡
新城郡
襄陽
富陽
劍閣
猇亭 長口坡 荊州 江夏郡
綿竹 赤壁 豫章郡
雒縣 巴郡 江 武陵郡
成都 長沙郡
廬陵郡

蜀 吳

朱提郡

牂牁郡

桂陽郡

建寧郡

雲南郡

永昌郡

圖　例
◉ 都城
◎ 郡治所
○ 其他地名
✕ 戰場

誰是《三國演義》的作者？

　　大家都說《三國演義》的作者是羅貫中，但他的作者身份不同於今天我們所講的創作一個小說故事的作者。羅貫中之前，已經有很多三國故事在流傳。

　　羅貫中是元末明初（約公元 1330～1400 年）的人，但是蘇東坡就講過，北宋（公元 960～1127 年）民間有很多講歷史故事的，說三國，一說到劉備失敗，聽眾就痛哭流涕；一說到曹操失敗，大家拍手稱快。當時普羅大眾在沒有電影、沒有電視、更沒有網絡的時代，他們最喜歡的娛樂就是聽故事和看戲，聽故事當時叫做聽書，而講故事就叫做說書或者說話。聽故事在唐朝的佛寺發展出來，後來延續了下來，題材也多了起來。宋元時期，到處都有說書表演，這種聽故事說故事的熱潮，終於催生了中國的長篇章回小說。

　　當時說書人有專門講歷史故事的，叫做“講史”，將歷史事件加以發揮、誇大，編成虛實相間的故事來演說。由於歷史故事長，所以分成許多回來講，每說到精彩處就說“欲知後事如何，且聽下回分解”，留下懸念，吸引聽眾下次來聽。當時說書人用來說書的腳本叫“話本”，章回小說是在這種環境下產生出來的。

《三國演義》就是中國最早的長篇章回小說，據說這本書是由羅貫中廣泛收集當時的民間三國故事、口頭的（傳播）和說書人的話本及當時上演的戲曲等資料，並以《三國志》為依據而加以整理和編撰成集的。最開始書名叫《三國志通俗演義》，後幾經修改，才成為今日通行的 120 回本《三國演義》。可見《三國演義》的成書，與當時說書人的話本和普羅大眾口頭的廣泛傳播有密切關聯。我們說羅貫中是《三國演義》的作者，但是羅貫中其實沒有真正創作《三國演義》。

　　此外，我們對羅貫中的生平也了解不多，因為當時講故事編小說都不受重視，他是怎樣編成《三國演義》的，我們所知不多。

　　《三國演義》是中國最暢銷的長篇小說，在日本和韓國也很受歡迎。當我們捧讀這本暢銷小說，為其中的精彩情節拍案叫絕時，我們不要忘記那許多籍籍無名的說書人，他們也為《三國演義》成書作出過巨大貢獻。

一　桃園三結義

東漢末年，政治腐敗，人民生活很苦。農民起義不斷發生。

在這天下大亂的時候，各地的統治者紛紛招兵買馬。這一天，涿縣城裏一個叫劉備的人正在看招兵的佈告。他長得身材魁梧，非常精神。

劉備很小的時候，父親就死了，家裏非常貧苦，靠母親織蓆、賣麻鞋生活，所以，他從小就很孝順母親。他家院裏有一棵大桑樹，五丈多高，長得非常茂盛，遠遠一看，就像大官車上的篷子。有個算命的曾指着這棵桑樹說：＂這家一定出貴人。＂劉備小時，和鄰居小孩在桑樹下玩耍，經常指着這棵樹

關雲長

對小夥伴説："我是天子，應當乘這樣的車。"他的叔叔聽後，很驚奇，心裏想："這孩子長大了，一定不是個平常的人哪！"

這天，劉備看了佈告，十分感慨地歎了口氣。只聽身後一個非常嚴厲的聲音説："大丈夫不為國家出力，怎麼在這裏歎氣呢？"劉備回頭一看，見那説話的人：一對圓圓的大眼睛閃閃發光，好像一頭豹子，十分雄壯。説起話來，聲音就像打雷，真是威風極了。

劉備看他不像一般人，就問他姓名。這個人説："我姓張，名飛。世世代代住在這裏，家裏有很多田地。我喜歡和天下的英雄好漢交朋友，今天，看見你看着佈告歎氣，所以要問問原因。"

劉備説："我是漢朝皇帝的後代，姓劉，名備。現在天下大亂，我很想為民做一番事業，可是又恨自己的力量太小，所以歎氣！"

張飛

張飛趕忙説："我家裏有錢，咱們一起幹吧！你看怎樣？"

劉備一聽高興極了，就和張飛來到一個酒店喝酒。正喝得歡暢，忽見一個身材高大的男人，推着一輛車子，在門口停下來，走進酒店，坐下喊伙計："快拿酒來，我吃完要趕着進城參軍。"

劉備仔細打量這個人，只見他滿面紅光，一把漂亮的鬍子垂在胸前，真是一副英雄好漢的模樣！

劉備把他請過來，很客氣地問他姓名。

"我姓關，名羽。因為殺了人，從家鄉逃出來了。"

"殺了甚麼人？"

"當地一個有錢有地位的人。他仗着自己的勢力，欺壓百姓，作盡了壞事。我殺了他，逃出來已經五六年了，一直過着流浪生活。現在聽説這裏招兵，特地趕來報名。"

劉備、張飛馬上把自己的打算講了出來，關羽聽了非常贊同。這三人雖是初次見面，卻像多年的老朋友一樣，他們都恨認識得太晚了。三個人一同來到張飛的家裏，商議今後怎麼辦。

張飛説："我家有一個桃園，現在正是桃花開放的時候，我們三人可在那裏對天發誓，結拜為兄弟，同心協力，幹出一番大事業來，你們看好不好？"

關羽、劉備齊聲答道："這樣做，真是太好啦！"

第二天，正是好天氣。滿園的桃花盛開，三人點着了香跪在地上，對天發誓説："劉備、關羽、張飛今天結拜為兄弟，以後要同心協力為國家出力，讓老百姓過上好日子，我們兄弟三人，不能同年同月同日生，但願同年同月同日死。如果誰違背了今天的誓言，定要受到老天爺的懲罰。"

按照年歲，劉備作了大哥，關羽是二哥，張飛是三弟。

祭過天地，又殺牛羊，舉行宴會，並召集了村裏的壯士三百多人，在桃園裏痛痛快快地慶祝了一番。

幾天以後，他們把壯士組織起來，編成隊伍。但是缺少馬匹、武器。正考慮怎麼辦的時候，有人報告，村裏來了兩個商人，趕着一羣馬。劉備説：“來得正好，這真是天助我也！”

兄弟三人趕忙出去迎接。原來，這兩個商人是賣馬的。劉備留下他們，擺酒招待，並談到要為國家出力的打算。

兩個商人聽了很受感動，就送給了他們五十匹好馬、五百兩金銀和一千斤好鐵。

劉備萬分感謝。送走商人以後，他找來最好的工匠為自己打了兩把寶劍，給關羽造了一口重八十二斤的大刀，給張飛打了根長一丈八的鋼矛。每人都買齊了全身盔甲。還招了五百多兵士。

劉備、關羽和張飛自從桃園結義以後，就開始了他們南征北戰的英雄事業。

二　張飛怒鞭督郵

　　劉備兄弟三人，十分英勇，打了很多勝仗。後來，劉備被派到安喜縣作官。

　　劉備十分賢明，他愛百姓，愛部下，處處保護人民的利益，所以，老百姓都很擁護他。他和關羽、張飛更是像親兄弟一樣，同桌吃飯，同床睡覺，一刻也不分離。劉備要是坐在哪兒，關羽、張飛一定站在他身旁護衛着，不管多長時間，也不休息。

　　劉備上任不到四個月，督郵來到縣裏考察。劉備出城迎接，並很恭敬地向他行禮。督郵卻坐在馬上，一動不動，只輕輕地用鞭子點了一下，作為回答。

　　關羽，張飛看到這情景，都很生氣。劉備陪督郵來到驛站休息。督郵十分神氣地坐在最尊貴的位子上，劉備恭敬地站在台階下聽候吩咐。

　　過了好一會兒，督郵問：“你是甚麼出身啊？”

　　“我是漢朝皇帝的後代；自從參軍以來，大大小小的仗，打了三十多次，立了不少功，所以得到現在的職位。”

　　督郵大聲斥責道：“你胡説自己和皇帝是一家，又胡説立了功。現在皇帝下命令，就是要除掉像你這樣的壞人！”

　　劉備連連答應着退下來。回到城裏，和左右的人講了跟督郵見面的情況。大家説：“督郵這樣不講理，無非是想要錢罷了。”

　　劉備説：“我從來不拿老百姓的東西，哪兒有錢給他？”

　　第二天，督郵先把劉備左右的人叫去。強迫他們揭發劉備都幹了甚麼壞事情。劉備幾次去請求免掉自己的官職，全被守門人攔住，説甚麽也不放他進去。

這一天，張飛因為心裏不痛快，多喝了幾杯酒。騎着馬從驛站門前過，看見五六十個老人，在門口痛哭。張飛過去問他們為甚麽哭，老人們説：“督郵逼着我們揭發劉大人，這是要陷害他啊！我們都是來向督郵説明情況的，可是，他不但不放我們進去，反而叫守門人鞭打我們。”

張飛一聽，就發起怒來，兩隻圓眼睛睜得更大了，牙齒咬得咯咯響，一翻身從馬上跳下來，直奔門裏走去，守門人哪裏攔得住他。到了裏面，看見督郵正坐在屋裏，一些人被綁着站在那兒。

張飛大喊一聲：“害民賊！認得我嗎？”

督郵還沒來得及開口，早被張飛揪住頭髮，拖出驛站，一直拉到縣衙門外的拴馬椿前才停下，用繩把督郵牢牢地綁在上邊，又折下一根柳條衝着督郵的兩腿狠狠地打去。啪！啪！用盡力氣不停地打，一連打斷了十幾根柳條。

劉備不知怎麽回事，只聽到大門外吵吵嚷嚷，忙問左右的人發生了甚麽事情，回答説：“張將軍綁了一個人，在那兒拚命打呢！”劉備趕忙跑出去看，被打的人原來是督郵！

劉備吃驚地問道：“兄弟為甚麽打他？”

張飛説：“像這樣的害民賊，不打還等甚麽！”

督郵哀求道：“劉大人，救救我吧！”

劉備是個好心腸的人，急忙叫張飛住手。這時，關羽從旁邊走過來說：「大哥為國家立了許多功，只不過當了個縣官。現在又受這督郵的侮辱，真是太不公平了。我看這不是我們呆的地方，不如殺了督郵，扔掉這官職，回鄉下去，另外想辦法幹一番事業！」

劉備聽了關羽的話，就取下當官的大印，掛在督郵的脖子上，斥責道：「根據你迫害百姓的罪過，本該痛痛快快地殺了你；現在，看你那可憐樣，暫時饒了你。大印還給你，這官我不做了，看你們還能把我怎麼樣！」

督郵回去後，馬上告了劉備。上邊急急派人捉拿，劉備兄弟三人早已遠走高飛了。

張飛怒鞭督郵

三　曹操獻刀

　　董卓做了丞相以後，權力很大，經常帶兵出城，燒、殺、搶，幹盡了壞事，老百姓都很恨他。

　　朝廷的忠臣們，時時刻刻都在想：怎樣除去董卓這個壞人。

　　一天，司徒王允對一些官員說："今天是我的生日，晚上請各位到我家，隨便喝點酒。"官員們都說："一定去祝賀。"

　　當晚，王允擺設酒席，招待大家。喝了幾杯酒，他忽然捂着臉，大哭起來。官員們吃驚地問："司徒過生日，為甚麼這樣悲傷？"

　　王允說："今天並不是我的生日，只因想跟各位談談心裏話，又恐怕董卓疑心，所以說是過生日。董卓這樣殘暴，國家的命運實在危險啊！四百多年的漢朝天下，今天就要亡在他的手裏，我怎麼能不哭呢！"大家聽了都流下了眼淚。

　　這時，忽然有人拍掌哈哈大笑："你們從黑夜哭到天明，從天明哭到黑夜，還能哭死董卓嗎？"王允朝說話人看去，原來是曹操。

　　王允生氣地說："你的祖宗也是漢朝的官員，現在，你不為國擔憂，反而在那裏大笑，這是甚麼意思？"

　　曹操說："我不笑別的，笑你們這麼多人，竟想不出一條除去董卓的計策；我雖沒有甚麼才能，但我願割下董卓的腦袋，掛在城門上，為國家除害！"

王允離開座位問：“你有甚麼高明的辦法嗎？”

曹操説：“最近，我想了許多辦法接近董卓，取得他的信任，就是為了尋找機會殺掉他。現在，董卓很信任我，我已有機會實現這個心願了。聽説司徒有寶刀一口，我希望用它殺掉董賊，就是我死了，也不遺憾。”

王允説：“你如果真有這樣的決心，國家就有希望啦！”立刻親自給曹操斟酒。曹操把酒灑在地上，向天發誓，表示決心。王允取出寶刀交給了他。

第二天，曹操帶着寶刀，來到董卓的家，問：“丞相在哪裏？”僕人説：“在小樓裏。”曹操一直走進去，看見董卓坐在床上，呂布站在旁邊。

董卓問：“你為甚麼這麼晚才來？”

曹操説：“我那匹瘦馬走得太慢了。”

董卓轉過頭對呂布説：“我那裏有些好馬，你去挑一匹，送給曹操。”呂布答應着走了出去。曹操心裏想：“呂布走得正好，現在是這賊人死的時候了。”剛要拔刀刺殺時，一看董卓強壯的身體，沒敢輕易動手。董卓因為肥胖，坐不長久，就倒下身子躺在床上，把臉轉向裏面。曹操又想：“這回可該你死了。”馬上拔刀要殺，不料，董卓從穿衣鏡裏看到曹操正在自己身後拔刀，急忙回身問：“你要幹甚麼？”恰在這時，呂布已牽着馬回來，曹操慌忙舉着刀跪下説：“我有寶刀一口，要獻給丞相。”董卓接過刀，細細察看，果然是一把寶刀，就交給呂布收下了。

董卓帶曹操到外邊看馬。曹操説：“感謝丞相送馬。我想騎上試一試。”曹操牽了馬就往外走，騎上馬，飛快地向東南方跑去。

呂布對董卓説：“剛才我進屋時，好像曹操正要刺殺你，被你發現，忙假裝説是獻刀。”

董卓説：“我也很懷疑。”正説着，董卓的謀士李儒來了，董卓告訴了他這件事。

李儒説：“曹操的家不在這裏，他現在一個人住，趕快派人去叫他，他若馬上就來，剛才便是獻刀；如果不來，那定是來殺你的，可以馬上把他抓起來。”董卓同意了，派了四個人去叫曹操。去了很久，回來報告説：“曹操根本沒回去，騎着馬出了東門，看門人問他，曹操説：‘丞相派我出城，有急事’，頭也不回地跑了。”

李儒説：“曹操作賊心虛，所以跑了。剛才肯定是來刺殺你的。”

董卓大怒，説：“我這樣信任他，他反而想害我！”

李儒説：“應該馬上出佈告，捉拿曹操。”

董卓命令各處貼上佈告，並畫上曹操的像：捉住的，有重賞；把他藏起來的，是死罪。

曹操逃出城外，路過一個縣時，被那裏的軍士捉住，帶到縣官那裏。曹操説：“我是個做買賣的，姓皇甫。”縣官仔細打量了他，想了一會兒説：“我認識你，我們見過面。你明明是曹操，為甚麼騙我？把他帶下去，明天到京城去領賞。”

夜深了，縣官秘密地把曹操帶出來審問。

“我聽説丞相待你不錯，為甚麼要自找麻煩，惹下這樣的大禍？”

“小麻雀怎麼能知道大雁的遠大志向啊！你既然捉住了我，就去領賞吧，何必多問！”

縣官叫左右的人退出去。又對曹操説：“你不要小看我，我可不是為了錢財，甚麼壞事都幹的人，只是一直沒有遇上賢明的主人啊！”

曹操説："我家世世代代都是漢朝官員，不得已才跟了董卓。我一直想找個合適的機會殺死他，為國家除害。現在事情沒有成功，這實在是老天爺的意思！"

"你逃出來，打算去哪兒呢？"縣官問。

"我打算回鄉下，號召各地的官員共同起兵，殺掉董卓，這是我最大的心願。"

縣官聽了曹操的話，親自給他解開繩子，扶他坐了上座，向他敬禮説："先生真是為國家忠心耿耿啊！"曹操也馬上向他回禮，並問縣官的姓名。

縣官説："我姓陳，名宮。家裏還有老母和妻子。現在，我被先生的忠心所感動，寧肯丟掉官職，也要跟着你反對董卓。"

曹操聽了非常高興。這天夜裏，陳宮準備好路上用的錢，並給曹操換了衣服，各背一把寶劍，騎上馬，離開縣城。

走了三天，來到一個地方，天已經快黑了。曹操用鞭子指着前面的樹林對陳宮説："這裏有一個叫呂伯奢的，是我父親的結拜兄弟。咱們去他家住一夜，打聽一下我家鄉的情況，你看怎麼樣？"陳宮非常同意。二人來到呂伯奢家，見了主人。

伯奢説："我聽説，到處貼了佈告在捉拿你，情況很危急，你父親已躲到別處去了。你怎麼來到這兒了呢？"

曹操講了事情的經過，説："我若不是遇到了陳大人，早已死了。"

伯奢趕忙向陳宮行禮説："我姪兒

若不是遇到了你，曹家就完了。你們一路辛苦，快休息休息，今晚就住在我家吧。"説完，就進了裏屋。

過了一會兒，伯奢出來，對陳宮説："家裏沒有好酒了，我到西村去打些來招待你們。"一邊説着一邊急急地騎上毛驢，走出家門。

曹操和陳宮在屋裏等着，忽然聽到後院有磨刀聲，曹操説："呂伯奢不是我父親的親兄弟，我們剛到，他就去打酒，這一去很可疑，咱們偷偷地聽聽後院在幹甚麼。"

兩人輕手輕腳地走到後院，躲到草房後，只聽有人説："用繩子捆起來殺，怎麼樣？"

曹操一聽，説："好啊，原來要殺我們！現在若不先下手，就要讓他們捉活的了。"説着就和陳宮拔出劍，闖進去，不管是男是女，一連殺了八人。還怕有人躲起來，就滿院搜尋。到了廚房，看見灶前捆一口豬，正準備殺呢。兩人一看，馬上明白了。陳宮説："你太多疑，錯殺了好人啦！"他們急忙騎上馬，離開了這個村子。

走了不到二里，就看見伯奢騎着毛驢過來了。驢鞍前掛着兩瓶酒，他手裏還提着很多青菜、水果，看到二人後，叫道："姪兒和陳大人為甚麼又走了，不是説好了住下嗎？"

曹操説："我是有罪的人，不敢呆很久的時間。"

伯奢説："我已經吩咐家裏人殺一口豬，好好招待你們。二位就是不多住，住一夜還是可以的。快，快，請回去吧。"

曹操不聽，鞭打着馬繼續往前走。沒走幾步，曹操忽然拔出劍，掉轉馬頭，追上伯奢，大聲喊道："看，來的人是

誰？"伯奢回頭看時，曹操舉起寶劍砍下了他的頭。

陳宮一看，驚呆了："剛才殺人，因為誤會；現在又為的甚麼呢？"

曹操說："伯奢回到家，看見一家人都被殺了，假如帶人來追，我們就全完了。"

陳宮說："明明知道是好人，卻故意殺掉，這是最大的不仁義啊！"

曹操說："寧肯讓我對不起天下人，決不能讓天下的人對不起我。"

陳宮沉默了。

四　呂布與貂蟬

　　董卓在朝廷上非常有權勢。有一次開宴會，他談到要廢黜皇帝，大臣丁原表示不同意，董卓大怒，說：“你竟敢反對我，難道不想活了嗎？”舉起寶劍就要殺丁原。這時董卓的謀士李儒，看見丁原背後站着一個青年，長得非常英俊，手裏拿着戟，正用憤怒的眼睛看着董卓。李儒急忙勸道：“大家快喝酒吧，國家大事以後再談。”其他人也趕忙把丁原勸走了。

　　董卓來到大門口，忽然看見一個人騎着馬，握着戟，在門外來回奔跑。董卓問李儒：“這個人是誰？”

　　李儒說：“這是丁原的乾兒子呂布。你暫時先進去躲一下吧。”董卓就進到裏面去了。

　　第二天，有人報告，丁原帶着軍隊在城外挑戰。董卓非常生氣，立刻帶領兵士趕到城外交戰。只見呂布騎着馬猛衝過來，嚇得董卓慌忙逃跑，被打得大敗。董卓和大家商量說：“我看呂布真是個不平常的人，如果能得到這個人，就不愁奪取天下了。”

　　這時，一個叫李肅的說：“你不要發愁，我和呂布是同鄉，他有勇無謀，是個見了錢連父母都忘記的人。我有辦法勸說呂布投降，你看怎麼樣？”

　　董卓非常高興，說：“你用甚麼辦法勸說呢？”

　　李肅說：“我聽說你有一匹千里馬，名叫‘赤兔’，只要帶着這匹馬和金銀財寶，就能讓他來投降。”董卓馬上答應了。

　　李肅帶着禮物，來到呂布住的地方，見到呂布，親熱地問：“你生活得好嗎？”

　　呂布說：“還可以。我們很久沒見面了，你現在幹甚麼？”

李肅説：“我當了個小官。聽説你正在為國家出力，真為你高興。我帶來一匹好馬，名叫：‘赤兔’，一天能跑一千里，爬山過水，就像走平地一樣，你騎上這樣的馬，才威風呢！”

呂布叫人把馬牽來，果然是一匹好馬，又高又大，全身上下，火一樣紅，沒有半根雜毛。奔跑起來，真像要飛上天去。呂布越看越喜歡，連忙道謝説：“你送我這麼好的馬，我用甚麼報答呢？”

李肅説：“因為我們是好朋友，我才送給你，不想得到任何報答。”

呂布用酒宴招待李肅，正喝得高興，李肅説：“我與你很少見面，你的父親常來吧？”

呂布説：“你喝醉了吧，我父親已經死去多年，怎麼會來看我。”

李肅大笑説：“不是，我説的是丁原啊。”

呂布慌忙説：“唉，我跟從丁原，也是因為沒有辦法。”

李肅説：“天下誰不知道你的本領高強，為甚麼沒有辦法呢？”

呂布説：“我沒有遇到那麼好的主人啊！”

李肅笑着説：“像你這樣的人才，真應該找個好主人，如果有了機會，你千萬不要放過。”

呂布説：“你在朝廷做官，你看現在誰能算得上英雄？”

李肅説：“大大小小的官我

見過不少，只有董卓能算得上英雄。他尊敬有才能、有本領的人，賞罰分明，一定能幹出一番大事業！」

呂布說：「那我跟從他吧，但不知道該怎麼辦。」李肅趕忙把金銀財寶拿出來，放在呂布面前。呂布吃驚地說：「為甚麼拿來這些東西？」李肅看了看左右的人，想說又停住，呂布叫僕人都退下去。

李肅悄悄告訴呂布說：「董卓早就佩服你的才能，特地叫我送來這些禮物，那匹赤兔馬也是他送的。」

呂布說：「董老爺這麼看得起我，我怎麼報答呢？」

李肅說：「像我這樣沒有才能的都可以當官；你如果到了那裏，一定可以當大官。」

呂布說：「我甚麼功勞都沒有，怎麼去見董老爺呢？」

李肅說：「你要立功，實在太容易了，只怕你不肯幹罷了。」

呂布想了好一會兒說：「我殺了丁原，帶着軍隊到董卓那兒去，怎麼樣？」

李肅連忙說：「你如果能這樣做，就立大功了。但事情不能拖延，要說辦就辦。」呂布和李肅約好明天去投降，李肅就告辭了。

這天深夜，呂布拿着刀，一直闖到丁原住的地方。丁原正在燈下看書，看見呂布進來，說：「我兒有甚麼事情嗎？」

呂布說：「我是個有本領的人，怎麼能當你的乾兒子！」

丁原說：「你為甚麼變心了？」呂布根本不回答，一刀砍下了丁原的頭。

第二天，呂布帶着丁原的頭去投降。董卓大喜，舉行宴會招待呂布。

董卓向呂布敬禮：「我能得到將軍，就如同快乾死的莊稼得到了雨水。」呂布也敬禮說：「你如果肯留下我，請讓我做你的乾兒子吧。"董卓一口答應了，並送給他很多好衣服。

　　從此，董卓就好像老虎長了翅膀，更加驕橫，不久，他做了丞相。但是，還不滿足，又一心想當皇帝，文武官員都敢怒不敢言。

　　有一天，董卓舉行宴會，文武官員坐了兩行。正喝得高興，呂布進來了，低頭在董卓耳邊說了幾句。董卓邊聽邊笑着說："原來如此。"接着就聽他一聲大喊："把張溫帶下去！"人們都嚇得面如土色，看着呂布把張溫從宴會上拉下去。

　　不多時，兵士托着一個紅盤進來，盤上放着一顆血淋淋的人頭——正是張溫。看見的人連魂都嚇沒了。董卓笑着說："大家不要驚慌。張溫勾結敵人，打算殺害我，但他們把信送到我兒呂布那裏了。我殺張溫，是因為他犯了罪，大家沒有罪，不必害怕。"文武官員都驚慌地答應着。

　　司徒王允回到家裏，回想着白天宴會上的情景，坐立不安。

　　夜深了，一輪明月掛在天上，王允走到花園，望着天空，想到漢朝的命運，不由得流下了眼淚。忽然，他聽到一聲深深的歎息，悄悄走過去，細細一看，原來是家裏的歌女貂蟬。貂蟬從小就來到王家，今年已十六歲了，能歌善舞，人又長得漂亮，王允待她像親生女兒一樣。

　　王允大聲問道："你為甚麼歎息？難道有甚麼私情嗎？"貂蟬一聽，嚇了一跳，慌忙跪下說："我這樣的人，怎麼敢有私情呢？"

　　王允說："你既然沒有私情，為甚麼這麼晚了，還在這裏歎氣呢？"

　　貂蟬說："請允許我把心裏話告訴你。"

　　王允說："你有甚麼就老老實實地說吧，這是不應當隱瞞的。"

貂蟬説：“我感謝你把我養大，教給我唱歌跳舞的本領，並且待我像親生女兒一樣，我就是為你死一百次，也報答不了你的恩情。最近，我看見你十分愁悶，一定是為了國家大事，但我又不敢多問。今晚，又見你坐立不安，為此，我深深地歎息，想不到被你聽到了。假如我能為你出力，就是死了，我也是甘心的。”

王允聽後，十分激動地説：“現在，漢朝的命運就在你的手裏了！來，跟我到樓裏去。”到了樓裏，王允讓妻妾們都離開，請貂蟬坐下，跪在地上就向貂蟬磕頭。

貂蟬吃驚地也連忙跪下説：“你為甚麼這樣？”

王允説：“你可憐可憐漢朝的百姓吧。”説着，眼淚好像泉水一樣流下來。

貂蟬説：“我剛才已經説過，如果你有甚麼打算，我要用生命去完成。”

王允跪着説：“百姓的生命，國家的前途，都很危險，只有你才能救啊！現在董賊要篡奪王位，朝廷的官員，都沒有辦法。董卓有個乾兒子，名叫呂布，非常勇猛，本領大極了。他總在董卓左右保護着，這更增加了除去董卓的困難。但是，我看他倆全是好色的人。現在，我想了一條計策：先答應呂布把你嫁給他，然後，再把你獻給董卓。在這過程中，你要尋找機會，挑撥他們父子之間的關係，一定要想辦法使呂布殺了董卓，除掉這一大害。到那時，就可以使漢朝重新興盛起來，國家才會有希望。這一切，全要靠你的力量啊。不知你有甚麼想法？”

貂蟬説：“我已經答應你，就是去死，我也不怕。希望馬上把我獻給呂布，我自有辦法。”

王允説：“事情如果被別人知道，我的全家就都要被殺掉！”

貂蟬説："你不必擔心。如果不能為國家除去這一大害，我就是死了，也不會閉上眼睛的。"王允再一次表示感謝。

第二天，王允拿出家裏珍貴的明珠，叫來最好的工匠，做了一頂非常漂亮的帽子，派人秘密地送給呂布。

呂布本來就是個非常貪財的人，見了這樣珍貴的禮物自然很歡喜，親自到王允的家裏去表示感謝。

王允早已準備了好酒好菜，呂布一到，馬上熱情地出門迎接，請進裏屋，讓他坐上座。

呂布説："我只不過是董丞相身邊的一名將領，而你是朝廷的大臣，你送我這麼珍貴的禮物，我心中不安啊！"

王允説："現在除了將軍，誰都算不上英雄。我不是敬佩將軍的職位，而是敬佩將軍的才能啊！"

王允的話説到了呂布的心裏。看到呂布高興的樣子，王允更加慇懃地敬酒，嘴裏還不停地稱讚他。呂布越聽越高興，忍不住哈哈大笑，一杯接一杯地喝着。這時，王允叫左右的人都退下去，只留下幾個美女陪着喝酒。看到呂布快喝醉了，王允説："叫女兒來。"過了一會兒，仙女般的貂蟬走了進來。呂布立刻就被迷住了，吃驚地説："這姑娘是誰？"

王允恭敬地説："是我女兒貂蟬。今天將軍到我家來作客，這真是比親人還親，所以我把女兒叫來，見見將軍。"説着就叫貂蟬向呂布敬酒。

貂蟬給呂布敬酒，兩個人眉來眼去。王允假裝喝醉了説："孩子，再請將軍多喝幾杯，我們一家全靠着將軍呢。"

呂布請貂蟬坐下，貂蟬假裝不好意思，要回房裏去。王允説："將軍是我最好的朋友，女兒坐下有甚麼關係？"貂蟬就在王允旁邊坐下了。呂布目不轉晴地看貂蟬。又喝了幾杯，王允指貂蟬對呂布説："我打算把女兒送給將軍做妾，你肯接受嗎？"

呂布立刻站起來，向王允道謝：“如果真能這樣，今後，你要有需要我的地方，我一定為你盡力！”

王允說：“好，等我選個好日子，就把女兒送到你家裏。”

呂布高興得無法形容，不時地看貂蟬，貂蟬也作出對他很有感情的樣子。又喝了半天，酒席才散。

王允說：“本打算留將軍住下，但恐怕董丞相懷疑。”呂布再三表示感謝，離開了王家。

過了幾天，王允在朝廷上見了董卓，乘呂布不在，趕忙向他敬禮：“我想請丞相到我家去作客，不知你肯不肯來？”

董卓說：“司徒請我，當然要去的。”

第二天中午，董卓果然來到。王允十分隆重地出來迎接。董卓下了車，百多名帶武器的兵士跟在他後面走了進來，站立在兩旁。

王允走向前敬禮，董卓讓他坐在自己旁邊。王允說：“丞相德高望重這是古人都不能相比的。”董卓聽了非常高興。王允一再熱情地敬酒，董卓喝得有些醉了。這時，天已經黑了，王允把他請進裏屋，董卓命令左右的兵士退下，王允舉起酒杯祝賀說：“現在天下很亂，我看漢朝的命運已經完了。你的功勞這樣大，應該當皇帝，老百姓一定會擁護的。”

董卓說：“我怎麼敢這樣想呢？”

王允說：“自古以來，都是沒有才能的讓位給有才能的，你這樣有才能當然應該做皇帝。”

董卓滿意地笑着說：“假如老天爺真讓我當皇帝，那麼，你就是最有功勞的人。”王允表示感謝。

這時，屋裏點上了蠟燭，只留下幾個美女在旁邊伺候。王允說：“一般的歌舞，你都看過；

碰巧我家裏有個很好的歌女，不知你是否願意欣賞欣賞？"

董卓説："那太好了。"

王允叫放下簾子，這時，隨着音樂聲，穿着漂亮舞衣的貂蟬在簾外跳起舞來。看着比仙女還漂亮的貂蟬，董卓心中高興極了。那貂蟬跳完舞，剛要走，董卓忙叫她進來。

貂蟬走進裏面，深深地敬禮。董卓高興地問："這女子是甚麼人？"

王允説："歌女貂蟬。"

董卓説："能唱個歌嗎？"

王允叫貂蟬唱起來，董卓一邊聽一邊不停地稱讚。唱完了，王允又叫貂蟬向董卓敬酒。

董卓舉着酒杯問："你多大了？"

貂蟬説："十六歲。"

董卓笑着説："真是神仙一樣的美人啊！"

王允站起來道："我打算把這姑娘獻給丞相，不知你覺得怎麼樣？"

董卓如同得到了寶貝，説："你對我這樣好，我該怎麼報答呢？"

王允説："能去伺候丞相，這是她的福氣，我感到高興。"

王允立即命令準備車子，先把貂蟬送到董卓的家，然後，又親自送董卓回家。

回來的路上，王允看見前面兩行紅燈照着大道，原來是呂布騎着馬握着戟過來了，他一把揪住王允的衣服，生氣地問："你既然答應把貂蟬嫁給我，現在為甚麼又送給丞相，這不是戲弄我嗎？"

王允急忙説："將軍不要着急，這裏不是説話的地方，先到我家去吧。"

到家以後，王允説："將軍怎麼能責怪我呢？"

呂布説："有人告訴我，你用車把貂蟬送到了丞相家，你為甚麼這樣做？"

王允説："將軍哪裏知道，昨天丞相在朝廷上，對我説：'我有一件事，明天要去你家談談。'我因此準備了飯菜等候。丞相在飲酒時説：'我聽説你有一個女兒，名叫貂蟬，已經許配給我乾兒子呂布。我擔心你又改變主意，特地來請求，把這件事決定下來，並希望能見一見你的女兒。'我當然不敢不答應，就叫貂蟬出來給他行禮。丞相説：'今天是個好日子，我馬上把她帶回去，讓她和呂布結婚。'將軍你想一想，丞相親自來接，我怎麼敢阻擋呢？"

呂布説："原來如此，司徒沒有罪，我一時錯怪了你，請你原諒。"

王允説："我已經給女兒準備了嫁妝，等她去將軍家時，就給你送去。"

第二天，呂布到董卓家打聽，甚麼消息也沒有。他一直走進裏面，向董卓的妻妾打聽。她們回答："丞相和貂蟬，從昨天夜裏一直睡到現在，還沒起床呢。"

呂布一聽，氣壞了，悄悄走到董卓臥室後面，偷偷地往裏看。這時，貂蟬已經起來，在窗下梳頭，忽然看見窗戶外水池中有個人影，身材高大，十分英俊。貂蟬看出這個人正是呂布，就趕忙故意皺起眉，作出痛苦的樣子，並且不停地用手帕擦着眼淚。呂布偷偷地看了半天才離開，沒過一會兒，又回來了。董卓已經起床，看見呂布來了，就問："外面沒有甚麼事情嗎？"

呂布説："沒有甚麼事情。"然後站在董卓旁邊聽候吩咐。董卓吃飯時，呂布又偷偷往屋裏看，只見裏屋的貂蟬正不停地向外張望，只露出半個臉，一雙會説話的眼睛向呂布表示了愛慕。此時的呂布，魂都飛到貂蟬那裏去了，恨不得立刻進去和她相見。董卓看見呂布這種樣子，心中很是懷疑，就說："你沒有事情，就退下去吧。"呂布很不高興地走了。

董卓有了貂蟬，完全被她的美麗迷住，有一個多月不辦理公事了。後來，董卓又得了一點小病，貂蟬更是十分體貼，使得董卓一步也不願意離開她。

一天，呂布進來問安，正好董卓還睡着。貂蟬看見呂布，馬上抬起頭，兩眼哀求地看着他，用手指指自己的心，又用手痛恨地指董卓，眼淚像斷了線的珠子一樣流下來。呂布看到這情景，心都碎了。就在這時，董卓翻了個身，睜開了眼睛，他看見呂布兩眼直直地看着貂蟬。這一下，董卓可氣壞了，斥責道："你怎麼敢戲弄我的愛妾！"立刻叫人把呂布趕了出去，不許他再到這裏來。

呂布又氣又恨地走了出來，路上遇到李儒，把剛才的事說了一遍。李儒聽後，急急忙忙去見董卓說："丞相要奪取天下，怎麼能夠因為這點小事責備呂布呢？假如他變了心，不就誤了大事嗎？"

董卓說："你看現在怎麼辦？"

李儒說："把呂布叫來，不但要送金銀，還要好好地安慰一番，千萬不能再責備他了。"

董卓按照李儒的意思，第二天，派人請來呂布，安慰他說："我近來一直生病，身體很不舒服，脾氣也壞，昨天說了很多不該說的話，你不要生氣，千萬別記在心上。"隨後，送給呂布很多金銀，呂布謝過就出來了。

董卓病好以後，開始辦公事。呂布雖然還像從前一樣，跟在董卓身邊，但心裏卻時時刻刻想念着貂蟬。

一天，在宮殿裏，呂布看到董卓和皇帝談論得很熱烈，就乘這機會，拿着戟走出大門，騎上馬一直來到董卓的家裏。把馬繫在院子裏，就進了裏屋，找到了貂蟬。貂蟬說："你先到花園等等，我馬上就來。"

呂布到了花園，把戟立在欄杆旁邊。過了一會兒，貂蟬走到呂布身邊，哭着說："我雖然不是王司徒的親女兒，但是，他待我比親女兒還親。自從他把我許給了你，我這一生也就滿足了。誰想到丞相起了壞心，把我騙來，侮辱了我，我真恨不得立刻死去。只因為還沒能和將軍見最後一面，才忍辱活到今天。現在總算見到了將軍，這最後的願望就實現了。我的身體已被侮辱，不能再伺候將軍，我願死在你的面前，表示我對你的真心。"說完，就往荷花池裏跳。

呂布慌忙抱住貂蟬，哭着說："你的心我早就知道，只恨不能對你說明我的心願。"

貂蟬雙手拉着呂布說："我今生不能和將軍在一起，但願下一輩子給你做妻子。"

呂布說："我今生不能娶你，就不是真正的英雄！"

貂蟬說："我和董賊生活在一起，過一天真比過一年還長啊，望將軍可憐我，快快救我出來吧！"

呂布說："我今天是偷偷來的，恐怕老賊發現了要懷疑，必須馬上回去。"說完，就要走。

貂蟬拉着他的衣服說："將軍這樣害怕老賊，看來，我是沒有得到自由的希望了！"

呂布站住說："你不要着急，讓我回去想個辦法。"他提着戟又要走。

貂蟬說："我早就聽到將軍的大名，誰不說現在天下的英雄只有將軍啊；沒想到，像你這樣一個英雄，也這樣怕他！"說完，淚如雨下。

呂布是個有勇無謀的人，一聽這話，羞得滿臉通紅，又把戟立在那裏，回身抱着貂蟬，用好言好語安慰。兩個人親親熱熱，捨不得離開。

再说董卓在宫殿裏不見了呂布，心中立即懷疑起來，連忙向皇帝告辭，坐上車就往家走。下車後看到呂布的馬繫在院子裏，問守門人：“呂布來了嗎？”“他到裏屋去了。”董卓一直來到裏屋，到處尋找，也沒找到，叫貂蟬，也沒有人答應。急忙問妻妾，她們說：“貂蟬在花園裏看花。”

董卓找到花園，正看見呂布和貂蟬親密地靠在一起，戟放在旁邊。董卓一看，真氣壞了。

呂布看見董卓來了，嚇得回身就走。董卓搶了戟，追出來。呂布走得快，肥胖的董卓哪裏趕得上，於是舉起戟向呂布投去。呂布把它打落在地。董卓拾起再趕，呂布已走遠了。董卓趕出園門，這時，李儒急急忙忙地跑來，攔住董卓。董卓問：“你來幹甚麼？”

李儒説：“我聽説你生着氣回家找呂布，就跟着追來了。剛才，正好碰到呂布，他説：‘丞相要殺我’，我趕來勸勸。”

董卓説：“呂布太壞了，戲弄我的愛妾，今天，我一定要殺了他！”

李儒説：“你千萬不能這麼辦！過去楚莊王手下的一個人，曾經戲弄過他的愛妾，但楚莊王並沒因此殺了他。後來，在一次戰鬥中，那個人拚着性命救了楚莊王。現在情況一樣，貂蟬不過是個女人，而呂布是丞相最相信、最勇猛的將領。丞相如果能趁這機會，把貂蟬送給呂布，為了感謝你的恩情，他一定會用生命報答你的。這件事情，請你再三考慮！”

董卓想了一會説：“你説得有道理，我應當認真考慮。”

董卓來到裏屋，問貂蟬：“你為甚麼和呂布有私情？”

貂蟬哭着説：“你錯怪我了。剛才我在花園裏看花，呂布突然來到，我趕忙驚慌地躲開。呂布説：‘我是丞相的乾兒子，你不用躲。’他一邊説着一邊提着戟逼近我，我看他不懷好心，又怕我一個弱女子反抗不過他，就往荷花池裏跳，可這賊人抱住了我，正在這時候，你來了，才救了我的命。"

董卓說："我現在把你送給呂布，怎麼樣？"

貂蟬一聽，大驚，哭着說："我的身子已經給了你，現在又要把我給呂布這奴才，我寧可死，也不受這樣的侮辱！"說着就取下牆上的寶劍要自殺。

董卓慌忙奪過寶劍，抱住貂蟬說："我和你開玩笑呢！"

貂蟬倒在董卓懷裏，捂着臉大哭："這一定是李儒的壞主意。他和呂布一直是好朋友，故意想出這樣的辦法，來滿足呂布。他一點也沒把你和我放在眼裏。我要咬死他，吃他的肉！"

董卓說："不要哭了，我怎麼忍心把你給他呢？"

貂蟬說："丞相雖然愛我，但呂布絕不會死心，我早晚要被他害了。"

董卓說："在郿塢那兒，我修建了一座宮殿，咱們明天就去那裏，誰也不會打擾我們安靜、快樂的生活，你千萬不要再為這件事憂愁了。"貂蟬這才止住了眼淚。

第二天，李儒來見董卓："今天是個好日子，可以把貂蟬送給呂布了。"

董卓說："呂布和我是父子關係，這樣做是不合適的。但是，我也不懲罰他了。你對他說說我的意思，再好好安慰安慰他。"

李儒說："丞相不要被這女人所迷惑啊！"

董卓生氣了，說："你肯把自己的妻子送給呂布嗎？貂蟬的事，你再也不要多管了；如再多嘴就殺頭！"

李儒走出來，對天歎息道："我們都要死在這女人的手裏啦！"

當天，董卓下令回郿塢，文武官員都來送行。貂蟬坐在車上，遠遠地看見呂布站在人羣之中，兩眼直直地望着她坐的車子。貂蟬捂着臉，做出痛苦的樣子。

車走遠後，呂布牽着馬走上小土山，望着遠去的車輛，又恨又難過地歎着氣。忽然聽見背後有人問：“將軍為甚麼不跟丞相一起去，而在這裏歎息呢？”呂布回頭一看，原來是王允。

王允説：“我近來因為有病，一直沒出家門，所以很久沒和將軍見面了。今天丞相回郿塢，只得帶病出來送，沒想到在這裏看到將軍，真讓我高興。請問將軍，為甚麼歎息呢？”

呂布説：“為你的女兒啊！”

王允假裝吃驚地説：“這麼長時間了，還沒給將軍嗎？”

呂布説：“這老賊只顧自己享樂，不會給我了。”

王允裝出更加驚訝的樣子説：“我不相信會有這樣的事情！”呂布把前面發生的事情都告訴給他。王允聽了，像是非常氣憤，半天不説話。好一會兒，才説：“這不是跟禽獸一樣嗎，真沒想到啊！”一邊拉着呂布的手説：“走，到我家去商量商量。”

呂布跟着王允到了家。王允請他吃飯，呂布又把在花園的事情，詳細地講了一遍。

王允説：“丞相侮辱我的女兒，搶了將軍的妻子，這要被天下人恥笑——不是恥笑丞相，而是恥笑我和將軍啊！但是，我已年老，又是沒有本事的人，讓人恥笑也沒關係；可惜將軍是個有名的英雄，也受這樣的侮辱！”呂布聽了這番話，早已氣得拍着桌子大罵起來。

王允急忙説：“我説錯了，將軍不要生氣。”

呂布説：“我一定要殺了這老賊，來洗清這恥辱！”

王允趕忙捂住他的嘴：“將軍不要再説了，你這樣做，恐怕我也要受牽連。”

呂布説：“大丈夫活在世界上，怎麼能忍受這樣的侮辱呢。”

王允説：“憑着將軍的本領，是不應當受丞相的氣的。”

呂布説：“這我明白，可我和他是父子關係，我要殺了這老賊，恐怕會引起人們的議論。”

王允微笑着説：“將軍姓呂，丞相姓董，在花園裏，他把戟投向你的時候，難道還有父子之情嗎？”

呂布覺醒地説：“如果不是你的這番話，我差點兒誤了事。”

王允看呂布決心已下，便説：“將軍若是能使漢朝興盛，就是忠臣，你的名字將寫在歷史上。將軍若是幫助董卓，就將永遠為人們所痛恨。”

呂布離開座位，行禮説：“我的主意已經定了，你不要懷疑。”

王允説：“我只擔心事情不成功，反而惹來大禍。”呂布拔出刀，在胳膊上刺出血，表示了決心。王允也跪下説：“漢朝能不能興盛，全靠將軍了。今天的秘密，千萬不能讓別人知道！到時候，我一定和將軍共同完成大事。”

王允和呂布商量，派人到郿塢去見董卓，假傳皇帝命令：要召見文武官員，商議把王位讓給董卓的事情；另一方面，呂布在朝廷門外埋伏好，等董卓來到，就殺了他。派誰去好呢？他們想到了李肅，李肅最近和董卓矛盾很大，非常怨恨他，讓李肅去，他肯定同意。

果然，李肅一口答應下來。他把假的命令傳給董卓後，董卓問：“王允有甚麼意見嗎？”

李肅説：“他已為你當皇帝作好了一切準備，只等着你的到來了。”

董卓高興地説：“我昨天夜裏夢見一條龍伏在我身上，果然今天得到這個好消息。這樣好的機會可不能失去！”於是決定當天就回長安。

董卓和母親告別時，九十多歲的老母親問：“我兒做甚麼去？”

董卓説：“我將去接受王位，母親就要做太后了。”

母親説：“近幾天來，我總是坐立不安，是不是有甚麼不好的事情要發生呢？”

董卓説：“你就要做太后了，不要想得太多。”

董卓臨走時，又對貂蟬説：“我當了皇帝，就讓你當貴妃。”貂蟬早已知道這裏的秘密，為了不讓董卓產生任何懷疑，就假裝萬分高興地送他走。

董卓上車後，走了不到三十里，忽然車輪子斷了，只得騎馬。又走了不到十里，那馬忽然大叫起來，把轡頭都掙斷了。董卓問李肅：“車斷輪子，馬斷轡頭，是不是有甚麼事情要發生啊？”

李肅説：“這是預先告訴我們，丞相要作皇帝，舊的要換新的，你將乘皇帝的車馬了。”董卓萬分歡喜。

第二天，正走着，忽然颳起了狂風，天地都昏暗了。董卓不安地問：“這是怎麼回事呢？”

李肅説：“你當皇帝，是老天爺的意思。這大風是為了助長你的威風啊！”董卓聽了更加高興地往前走。

來到長安城外，文武官員全出來迎接，呂布也向他祝賀。董卓説：“我當皇帝後，你來指揮所有的軍隊。”呂布表示感謝。

第二天清晨，董卓坐車來到了皇宮的北門，跟隨的兵士全被擋在門外，只有李肅跟着董卓坐的車進去了。董卓遠遠看見王允等人都握着寶劍立在宮殿門口，驚奇地問李肅：“他們為甚麼都帶寶劍？”李肅不回答，推着車子一直往裏走。只聽王允大喊一聲：“董賊到了，勇士們快來啊！”兩旁衝出一百多人，舉着武器向他砍去。受了傷的董卓從車上摔下來，大喊：“我兒呂布在哪裏？”呂布從車後出來，大聲説道：“皇帝有命令，除去你這賊人！"一戟就把董卓刺死了。

　　呂布左手舉着戟，右手從懷裏取出皇帝的命令，大聲宣佈："皇帝命令，殺掉董卓，其餘的人無罪！"官兵一起高呼萬歲。

五　張飛酒醉失徐州

呂布被曹操打敗後，來到徐州投靠劉備。劉備讓他在附近的小沛住下。

一天，劉備得到皇帝的命令，讓他打袁術。他決定親自帶兵去。

臨出兵前，劉備和關羽、張飛等人商量誰留下守衛徐州城。關羽説：“我願意留下守城。”劉備不同意：“我經常要跟你商量事情，怎麼能離得開你？”張飛説：“讓我留下吧。”劉備也不同意：“你守不了這座城。一個原因是：你喜歡喝酒，喝醉了，就打人；另一個原因是：你做事不動腦子，而且從不聽別人的意見。我不放心。”張飛説：“哥哥，從今以後我不再喝酒，不再打人。大小事情都聽別人的勸告。我保證做到這些，還不行嗎？”一個謀士説：“只怕你説得到做不到。”張飛生氣了：“我跟哥哥多年，從來沒説過瞎話，你怎麼敢不相信我！”劉備説：“你雖然這樣説，我還是不放心，得請陳元龍幫助你，經常提醒你，以免誤事。”就這樣，張飛留下鎮守徐州。

張飛自從劉備走了以後，雜事都讓陳元龍處理；大事情，他自己拿主意。一天，他舉行宴會招待大大小小的官員。人到齊後，張飛説：“我哥哥臨走的時候，囑咐我少喝酒，我一定照着去做。今天咱們大家痛痛快快地喝最後一次，從明天起，誰也不許再喝，你們幫我好好地守城。”説完，就站起來給大家斟酒。

當他來到曹豹面前時，曹豹説：“我從來不喝酒。”張飛説：“咱們這些帶兵打仗的人，怎麼能不喝酒？我要你喝，你就得喝。"曹豹怕他，只好喝了一杯。張飛給所有的人都斟過酒以後，又自斟自飲，用大杯子一連喝了幾十杯。

他已經完全醉了，可又站起來再一次給大家斟酒，又要曹豹喝，曹豹為難地拒絕："我確實不會喝。"張飛説："你剛才喝了，怎麼説不會？"曹豹怎麼也不喝。張飛耍起酒瘋來："你不聽我的命令，就打你一百鞭子！"馬上讓軍士拉下去打。這時，陳元龍對他説："劉將軍臨走時，對你説甚麼了，你忘了嗎？"張飛不耐煩地説："你是文官，就只管你文官的事吧，別來管我！"曹豹求他説："張將軍，你看我女婿的面子，饒了我吧。"張飛問："你女婿是誰？"曹豹答："是呂布。"張飛本來就恨呂布，一聽這話更火了："我本來不想打你，可你把呂布抬出來嚇唬我，我偏要打你，打你就是打呂布！"別人都來勸，他也不聽，打了五十鞭子才算完。

曹豹非常氣憤，連夜派人給呂布送去一封信，説張飛怎麼怎麼無禮，還告訴他：劉備已經離開，今晚可趁着張飛酒醉攻打徐州，千萬別錯過機會。

呂布接到信便跟左右的人商量這件事。一個官員説："小沛這地方不能長久住下去，現在既然有奪取徐州的好機會，就應該趕快下手，不然，將來後悔就來不及了。"呂布覺得有道理，帶上人馬就出發了。

小沛離徐州只有四、五十里，很快就到了。呂布到城下時，才四更天，城上完全沒有發覺。他在城門邊大喊："劉將軍有密信送到！"曹豹連忙讓人打開城門。呂布和他的軍隊大聲喊着衝進城。張飛酒醉以後睡得正香，手下的人急忙使勁把他搖醒，説："呂布騙了守城的軍士，殺進來了！”張飛慌忙穿戴盔甲，拿起長矛；剛出門就碰上了呂布。張飛這時酒還沒完全醒，只好在別人保護下，從東門逃走。劉備的妻子丟在城裏，也顧不上了。呂布知道張飛勇敢，沒有追他，讓人保護好劉備的妻子，並下命令，誰都不允許隨便進劉備的家。

張飛見到劉備把失徐州的經過講了一遍，劉備歎了口氣，安慰他說：“勝敗是兵家的常事，勝了也沒甚麼值得高興的，敗了也不值得憂愁。”關羽問：“嫂子呢？”張飛說：“還在城裏。”劉備聽了，一句話也沒說。關羽埋怨：“要守城的時候，你說甚麼了？哥哥怎麼對你說的？現在城丟了，嫂子也落到了呂布手裏，這怎麼辦呢？”張飛聽到這話，又慌又愧，臉不知道往哪兒放，拔出劍來就要自殺。劉備趕緊攔住，奪過劍扔到地上說：“我們三人發誓要同生同死，現在遇到一點小的失敗，怎麼就不想活了呢，而且，我想呂布也不會害你們的嫂子，還可以想辦法救。弟弟一時錯誤，也不該想到死啊！”說完，大哭起來。關羽，張飛也感動得流下了眼淚。

在同袁術的戰鬥中，劉備被打敗，損失了許多人馬，呂布讓劉備住在小沛，並把他的妻子還給了他。

六　呂布射戟

　　袁術把劉備打敗了，還想徹底消滅他。但是，又考慮到劉備在小沛，呂布在徐州，兩家離得很近；打劉備，呂布幫忙怎麼辦？一個官員出主意説："我們可以給呂布多送些糧食，他就不會出來幫忙。打敗了劉備，再打呂布，徐州就是我們的了。"袁術以為這個辦法不錯，給呂布送去不少糧食。呂布果然很高興。

　　劉備知道袁術要來攻打，召集官員們商量對付的辦法。張飛主張打，可一個謀士説："我們兵少，糧食也不多，怎麼能抵抗袁術？可以給呂布寫封信，請他來幫助。"

　　呂布看到信以後，對手下的人説："前幾天袁術送來糧食，意思是不讓我援助劉備，但現在劉備又讓我救他，這真讓人為難。我想，劉備人馬少，對我們不會有甚麼危害，但是，假若袁術消滅了劉備，我們的徐州就危險了，還是救劉備比較好。"呂布帶着兵出發了。

　　袁術的將軍紀靈帶領幾萬人馬來到小沛附近。雖然劉備只有五千人，也不得不出來迎戰。紀靈聽説呂布也帶着軍隊來了，知道是來支援劉備的，就立刻寫信責備呂布不講交情。

　　呂布看到信後笑着説："我有一條計，可以讓袁、劉兩家都不埋怨我。"他派人請劉備、紀靈來赴宴。劉備準備馬上去，可關羽、張飛制止他："哥哥不能去，呂布一定不是好心。"劉備説："我待呂布不錯，他不會害我，你們放心好了。"於是在關羽、張飛的陪同下，上馬赴宴去了。

　　到了那裏，呂布對劉備説："我是來救你的，以後你的事業成功了，可別忘記我。"劉備一再表示感謝。關、張二人始終按着劍站在劉備兩旁。這時，來人報告：「紀靈已經到了。」劉備大吃一驚，立刻要走。呂布說：「我請你們二位來談談，千萬不要產生懷疑。」劉備不知道呂布是甚麼意思，坐立不安。

紀靈看到劉備坐在屋裏，也很驚訝，轉身就走，呂布手下的人怎麼留也留不住。呂布走過去，一把抓住紀靈，像拖小孩一樣把他拖回來。紀靈問：「你想殺我？」呂布說：「不是。」「那麼，你想殺劉備？」「也不是。」「這就怪了，你到底想幹甚麼？」「我和劉備是兄弟，我是來救他的。」紀靈問：「那肯定要殺我了？」呂布解釋：「沒有這樣的道理，我呂布從來不愛殺人，而總是想辦法救人。今天我要約你們兩家講和。」「你用甚麼辦法講和？」呂布回答：「讓老天爺來決定你們是打還是和吧。」他把紀靈介紹給劉備，這兩人心裏都很不安。呂布胸有成竹地讓紀靈坐在自己的左邊，劉備坐在右邊，不斷地勸他們喝酒。

喝了幾杯以後，呂布說：「你們兩家看在我的面上，不要動刀動槍，都收兵回去吧。」劉備沒說甚麼，紀靈卻說：「袁將軍讓我帶領幾萬軍隊來捉劉備，怎麼能空着手回去呢？」張飛一聽就火了，把劍拔出來握在手裏，說：「我們兵雖然少，但根本不把你們放在眼裏，你敢動我哥哥一根汗毛？」關羽連忙制止他：「不要急，看看呂將軍怎麼安排。真要打，回去再打也不晚。」呂布有些生氣：「我請你們兩家來，是不要你們動刀槍，怎麼還說要打呢？」

這邊紀靈氣呼呼的，那邊張飛一個勁兒地要戰場上見面。呂布氣極了，對左右的人說：「把我的戟拿來，誰敢不聽我的話！」呂布把戟抓在手裏，紀靈、劉備嚇得臉都變了顏色。呂布讓人把戟遠遠地插在門口外邊，對紀、劉說：「這支戟離我一百五十步遠，我要是一箭射中戟上的小枝，你們就不要打了；若是射不中，你們再安排打仗。誰不聽我的，我就不客氣了。"紀靈想："那戟離着這麼遠，怎麼能一箭射中？先答應他，沒甚麼要緊的；等他射不中，我再動手。"於是，就同意了。劉備當然不會不贊成。

呂布讓大家坐下，又都喝了一杯酒，然後叫人拿弓箭來。劉備在一邊暗暗地盼着："但願能一箭射中。"只見呂布把弓拉得像月亮那樣圓，大叫一聲："中！"果然一箭射中了戟上的小枝。看的人都鼓掌喊"好"。

呂布哈哈大笑，把弓扔在地上，一手拉着紀靈，一手拉着劉備，說："這是老天爺讓你們收兵。"並對軍士喊："拿酒來，每人再喝一大杯！"劉備暗自高興。紀靈半天沒說話，過了一會兒，對呂布說："你的話，不敢不聽，但袁將軍怎麼能相信呢？"呂布說："我給他寫封信就行了。"紀靈帶着信先走了。呂布對劉備說："不是我，你就危險了。"劉備又一次深深地表示了感謝。

第二天，三方面的軍隊都回去了。

七　割髮代首

這年夏天，曹操和軍隊一起行軍。田地裏的麥子都已成熟，可老百姓看到隊伍從這裏經過，都逃走了，不敢收割麥子。曹操見到這種情況，就派了許多人到處宣傳："皇帝命令我們去打仗，是為了老百姓的利益，在麥子成熟的時候出兵是不得已的事情。但是我們軍隊紀律嚴格，不論是官員還是士兵，只要踐踏了麥子，都要砍頭。希望大家不要害怕，該收麥子的還要收麥子。"老百姓聽到後，非常高興，都很感激曹操。部隊做得也確實不錯，經過麥田時，遇到倒了的麥子，都用手扶起來，沒有一個人敢踐踏麥子。

一天，曹操騎着馬從地邊過，忽然，"嗖"地從麥地飛出來一隻鳥。曹操的馬嚇驚了，猛跑到地中間，踏壞了一大片麥子。曹操馬上把負責行軍的官員叫來，讓他給自己定罪。

那官員為難地說："你是丞相，怎麼能給你定罪呢？"

"我定的軍法，我自己違犯了；要是不按軍法辦事別人怎麼能服呢？"曹操說完，拔出劍來要自殺。

大家急忙上前把他攔住，一個謀士說：

"古書上說：'刑法對大官是不適用的'，你是大官，領導着這麼多人馬，無論如何不能自殺。"

"既然古書上有這樣的話，那麼姑且免了我的死罪。"曹操想了一會兒說。

但他立刻抓起自己的頭髮，一劍割了下來，扔到地上說：

"就讓這些頭髮代替我的腦袋吧。"

曹操又讓人通知全軍："丞相踏壞了麥子，本應當定為死罪，現在割掉頭髮代替殺頭。"

於是，從上到下都很害怕，沒有人敢不遵守紀律。

八　關羽與曹操

曹操為了當皇帝，把反對他的人一個個都消滅了。現在又出兵二十萬打劉備。

當時，劉備的軍隊駐紮在徐州一帶，力量不大，徐州等地很快被佔領了。劉備逃到袁紹那裏，張飛跑到一個小地方，只有關羽還保護着劉備的妻子守衛着一座縣城。

曹操早就聽說關羽本領高強，很能打仗。所以，不想傷害他，而想勸他投降，替自己出力。但是，他也了解關羽這個人很講義氣，勸降是很困難的。於是，就和官員們商量了一個辦法：先讓人把關羽引出城，然後包圍起來。同時攻佔那小城，使他進退無路。這時，再派關羽的老朋友張遼去勸降。他們估計這個辦法成功的可能性很大。

關羽真的中了曹操的計。一天，他被圍在一座小山上，正想組織人馬衝出去，忽然看見一個人騎着馬從曹操軍隊那邊飛跑過來。近了一看，是張遼。關羽迎上去問道：“你是來跟我們打仗的嗎？”張遼回答：“不是。因為咱倆過去是朋友，特地來看望你。”說着，下了馬，把身上帶的刀也放在一旁。兩人互相行禮後，就談了起來。

關羽問：“你是不是來勸我投降的？”張遼答：“不是，過去你救過我，現在我怎麼能不救你呢？”關羽接着問：“那你是來幫我打曹操的？”“也不是。”關羽不明白地問：“既不是幫助，又不是勸降，你到底來幹甚麼？”“我來跟你講講你現在的處境：劉備被打敗，死活不清楚；張飛不知逃到甚麼地方。你守的城已經攻破，不過，曹丞相特別囑咐，一定要保證劉備妻子的安全，任何人不許傷害她們。面對這種情況，你打算怎麼辦？"關羽十分生氣："你這不是勸降是甚麼？雖然我的處境很危險，但我視死如歸。你給我回去，我就要衝出去了。"

張遼聽了哈哈大笑："你竟然說出這種話，難道不怕別人笑嗎？""我為忠義而死，別人怎麼會笑？""即使你死了，也有三條罪。""你說，哪三條？"

張遼說："你和劉備、張飛結拜兄弟的時候，曾經發誓：不論遇到多麼大的困難，都要互相幫助。就是死，也要死在一起。現在，劉備剛剛失敗，你就要拼命，那麼，你想過沒有：如果你真的死了，而劉備卻還活着，那時，他靠誰幫助？你這不是違背了自己的誓言？這是第一條罪。劉備委託你保護他的妻子，而你卻沒有盡到責任。你死了，他的妻子依靠誰？這不是辜負了劉備的委託嗎？這是第二條罪。再說，你本領高強，又讀了那麼多書，不想着怎樣復興漢朝，只想當一名頭腦簡單的勇士，這難道對得起漢朝？這是第三條罪。"

關羽聽後半天沒說話，然後問："你說我有三條罪，你認為我應該怎麼辦？"

張遼回答："現在四面都是曹丞相的兵，假若你不投降，肯定會死。白白地死掉，一點意義也沒有，我看，還是先投降，以後再慢慢打聽劉備他們的消息。若是打聽到了，再去找他們。這樣做有三個好處：一，劉備的妻子就安全了；二，不會違背你們桃園結義的誓言；三，你保住了性命，將來還可以做一番大事業。希望仔細想一想。"

關羽説：“我有三個條件，若是丞相能答應，我就放下武器；否則，我寧願死在戰場上。”“曹丞相是個寬宏大量的人，我想他一定能答應，你説説條件看。”“第一，我和劉備、張飛決心復興漢朝，現在，我只向漢朝皇帝投降，不向曹操投降。第二，要照顧好我哥哥的妻子，誰都不允許進嫂嫂的家門。第三，只要我知道了哥哥的下落，不管千里萬里，都要去找他，任何人不得阻攔。這三個條件，假如有一個不答應，就決不投降。麻煩你對曹操説一聲。”

張遼回去，先説了關羽的第一個條件，曹操笑着説：“我是漢朝的丞相，投降皇帝就是投降我，這條可以答應。”對於第二個條件，曹操説：“這容易做到。”聽了第三個條件，曹操搖着頭説：“如果同意這個條件，我養着關羽有甚麼用，這條很難接受。”張遼説：“關羽為甚麼對劉備那樣忠心，就是因為劉備尊重、關心他，那麼，你也想辦法，用感情來打動他的心，還怕他不服你嗎？”於是，曹操同意了關羽的三個條件。

關羽回到城裏先去看望劉備的妻子，然後，去見曹操。

曹操親自出來迎接。關羽下馬行禮，曹操慌忙答禮。關羽説：“感謝丞相不殺我。”曹操回答：“早就聽説你的大名，今天能見到實在讓人高興。”關羽又説：“我提的條件，聽説你已完全答應，你的話不會不算數吧。”“我既然已經説出口，怎麼會不算數呢？”關羽強調説：“只要打聽到劉備的下落，就是上刀山下火海，我也要去找他。那時恐怕來不及向你告辭，只好請原諒。”曹操説：“要是劉備還活着，你盡可以去找，怕的是他已經死在戰鬥當中了。你不必着急，讓我替你去各處打聽。”

第二天，曹操帶着軍隊回許昌。關羽收拾好東西，請劉備的妻子上車，並一直緊緊跟着，親自負責保護。在路上，曹操不懷好意，故意把關羽和劉備的妻子安排在一間屋子裏住。但是，關羽沒有上當，手裏拿着蠟燭，在門外站了一夜。曹操對他更加敬佩。

到許昌後，曹操給關羽一所房子。關羽在院子中間築起一道牆，裏院讓劉備妻子住，外院自己住。通裏院的門，派十個老兵看守，不管是誰都不許進去。他三天一次站在門口向劉備妻子行禮問安，每次都是直到劉備妻子說："沒甚麼事了，你回去休息吧"，他才離開。

曹操還把關羽介紹給皇帝，皇帝讓他當了將軍。

從到許昌，曹操三天一個小宴會，五天一個大宴會，慇懃地招待關羽，並送給他十個美女和許多貴重禮物。關羽把這些全交給劉備妻子，曹操更覺得關羽了不起。

一天，曹操看到關羽穿的綠色戰袍已經很舊了，就用很好的料子給他做了一件新的。關羽卻總把新袍穿在裏邊，外邊還是那件舊戰袍。曹操看了，笑着問："你怎麼這樣節儉啊？"關羽回答："我不是節儉，而是因為舊袍是哥哥劉備送的，穿上它就像見到了我哥哥一樣。我不能因為收下了你的新袍，而忘記了哥哥的心意。"曹操歎了一口氣說："你真是個看重友情的人啊！"他雖然口頭上誇獎關羽，實際上心裏很不痛快。

又一天，曹操宴請關羽之後，送他走，看見他騎的馬很瘦，就問："你的馬怎麼這麼瘦？"關羽回答："我身體很重，這馬馱着吃力，所以越來越瘦。"曹操立刻讓手下人牽來一匹馬，這是一匹高頭大馬，全身上下都是紅毛，遠看像一團火一樣。曹操指着問："你認識這匹馬嗎？"關羽說："這不是呂布騎過的那匹？"曹操點頭，把馬送給了關羽。

關羽非常感激，一再表示感謝。曹操不高興地說："我送你禮物已不只一次，美女、金銀財寶甚麼都有，可從來沒見你這麼高興過，這是不是輕人而重牲畜啊？"關羽說："丞相哪裏知道我的心思，這馬一天能跑一千里路，假如知道了哥哥劉備在哪兒，一天之內就能見到他，我怎麼能不歡喜呢？"曹操聽了這話，很驚訝也很後悔。

曹操為關羽的事很煩悶，有一天問張遼："我大事小事都替關羽想到了，但他還想走，這是怎麼回事？"張遼說："讓我去摸摸情況，看他是怎麼想的。"

第二天，張遼見到關羽問："你最近怎麼樣？我讓你到丞相這兒還是不錯的吧！"關羽答："丞相待我確實很好，我深深地感謝。只是我的身體雖然在這兒，心卻總想着劉備，而且這種思念一時一刻都沒停止過。"張遼勸說道："你這就不對了，看問題總該有個比較吧。劉備待你能有丞相這麼周到嗎？為甚麼總想走呢？"關羽說："丞相對我關心是事實，但是，我一定不會永久呆在這兒。當然，我也不是個無情無義的人，一定為丞相立下大功，報答了他的恩情再走。"張遼進一步問："如果劉備已經死了，你到哪裏去找他呢？"

關羽毫不含糊地回答："我願意到地下去找他！"

張遼知道關羽的想法已經不可能改變，就報告了曹操。曹操歎息了一會兒說："他總想着原來的主人，真是個值得尊敬的人啊！"一個謀士在旁邊出主意："關羽說立了功再走，假若不給他立功的機會，不就走不了嗎？"曹操表示同意。

自從劉備到了袁紹這兒，每天都悶悶不樂，他既惦記妻子，又惦記着關羽、張飛兩兄弟。

過了些日子，袁紹出兵打曹操。剛一交戰，袁紹的大將顏良就砍死了曹操的兩個將軍。因此，曹操心中非常愁悶。

　　一個謀士看到這種情況，就説：“有一個人可以戰勝顏良。”曹操忙問是誰，那謀士説，非關羽不可。曹操怕關羽立功後就要走，謀士滿有把握地説：“若是劉備還活着的話，一定跑到袁紹那裏。我們讓關羽去打袁紹，袁紹肯定會懷疑劉備，很有可能把他殺死，要是劉備被殺，關羽還往甚麼地方去呢？”曹操大喜，立即派人去請關羽。關羽答應了曹操的請求，騎上那匹快馬，沒費多少力氣就殺了顏良。

　　正像曹操謀士估計的那樣，袁紹知道了殺顏良的正是劉備的弟弟，氣憤極了，大聲斥責劉備：“你弟弟殺死了我心愛的大將，他事前肯定跟你商量過，我還留你在這兒幹甚麼？”馬上命令軍士把劉備推出去砍頭。劉備不慌不忙地説：“天下長得一樣的有的是，難道紅臉、長鬍子就一定是我弟弟關羽？”袁紹是個沒主意的人，聽這麼一説，就放了劉備，並和他商議打曹操的事。

　　這次，袁紹派出了另一個大將文醜。

　　聽到文醜帶兵來到，曹操又讓關羽出戰。文醜哪裏是關羽的敵手，不多時就被砍下了腦袋。

　　像顏良、文醜這樣有名的將軍竟被關羽毫不費力地殺掉，曹操大喜，袁紹大驚。

　　袁紹大驚之下，不禁大怒，又要殺劉備。劉備問：“我有甚麼罪？”“你一連讓關羽殺了我兩個大將，這難道不是罪？”劉備回答：“你先聽我説幾句話，再殺也不晚。曹操一直恨我，他知道我在你這兒，生怕我幫助你，所以有意讓關羽砍死你的大將。他就是用這樣的辦法激怒你，想借你的刀殺我劉備，這還不清楚嗎？希望你認真考慮考慮。”袁紹想，劉備的分析有道理，就請他坐下，並説：“你看，我沒想到曹操的用心，差一點兒殺了一個好人。”劉備也很感激，説：“你對我這樣寬大，我一定報答你。我現在就派人帶上我的信去見關羽。他只要得到我的消息，一定會連夜趕來。我讓他幫你打曹操，顏良、文醜的仇不就報了嗎？"袁紹高興地說："太好了，只要能得到一個關羽，比十個顏良、文醜都頂用。"

關羽收到劉備的信，心情激動，馬上就去找曹操告別。曹操知道他的來意，根本不見。一連去了幾次，都沒見上。又去找張遼，張遼說有病不能見客。關羽明白，這是曹操故意留他。但他走的決心不可動搖，就寫了一封告辭信，並立刻開始整理行裝。當官的大印掛在屋裏；美女、貴重禮物，全部留下。關羽讓劉備妻子坐上車後，只帶上原來的僕人，往城外走去。

關羽走後，曹操手下的一些人主張把他抓回來，但曹操說："不要去抓，我已答應他的三個條件，不能失信。"又對張遼說："關羽這樣的人我很尊敬，他可能還沒走遠，你去請他停一下，我要給他送行。"

關羽正走着，聽到背後有人大叫："請慢走！"回頭一看，只見張遼騎着馬趕來。關羽讓僕人保護車子抓緊時間趕路；自己停住馬，手按在刀上，問："你是想讓我回去？"張遼說："不是。丞相知道你要遠走，想來送你，讓我先報個信，沒有別的意思。"關羽不相信："就是丞相帶着鐵人鐵馬來，我也要跟他拼到底！"他把馬停在橋上望着遠處。曹操帶着幾十個人騎着馬飛跑過來。他看到關羽手裏握着刀，警惕地騎在馬上，便命令手下的人停下，左右排開。關羽看見來的人都沒帶武器才放了心。

曹操問："你怎麼走得這樣急？"關羽在馬上行了禮，回答："我曾經幾次去見你，都沒見到。我收到了我哥哥的信，恨不得馬上見到他，所以走得很急。我想，你不會忘記過去說的話吧！"曹操說："我要讓天下的人都相信我，自己說的話怎麼能忘呢？我是怕你路上缺錢花，送路費來了。"一個軍士端來一盤黃金，關羽非常感謝。曹操又讓人送上一件新戰袍，説："這是我的一點兒心意。"關羽怕是曹操的陰謀，不敢下馬，用刀尖挑過戰袍披在身上。説了聲"再見"，打着馬飛跑而去。跟來的人説："關羽太沒禮貌，為甚麼不教訓教訓他？"曹操説："他一個人，一匹馬，我們幾十個人，他怎麼會不發生懷疑？不要去追他，我説過的話一定要算數。"説完帶着人回去了，一邊走，一邊慨歎讚美關羽。

關羽跟在劉備妻子坐的車子後邊，慢慢走着。路上，他遇到了許多想不到的困難，經過了五個關口，殺死了六個阻攔他的將軍。一天，打聽到劉備已經離開袁紹到汝南去了。於是，改向汝南方向前進。

走了幾天，遠遠地看到一座山城。從當地人那裏知道，這城叫古城。幾個月前，張飛來到這裏，趕走了縣官，住下來。關羽趕忙叫人進城報告，讓張飛來迎接嫂嫂。

誰想到，張飛聽了來人的報告，甚麼話都沒説，拿起長矛，上了戰馬，帶着一千多人跑出了城。關羽看到張飛來了，那股高興勁就不用提了，把刀交給別人，打着馬迎上去。可這時的張飛怒氣衝天，兩眼睜得圓圓的，鬍子一根根地立了起來，大喊一聲，拿着長矛就向關羽刺去。關羽大驚，連忙躲開，奇怪地問："弟弟這是幹甚麼，難道忘了我們是結拜兄弟嗎？"張飛大聲斥責："你既然不講信義，還有甚麼臉來見我？"關羽不明白地問："我怎麼不講信義？""你背着大哥，投降曹操。他們讓你當了大官，你今天又想把我騙去，我非和你拚個你死我活不可！"關羽説："原來你不知道！——我也難説。現在嫂子在這兒，你自己去問吧。"

劉備妻子在車裏聽到關羽的話，對張飛大聲喊："你這是幹甚麼？"張飛説："嫂子等一等，我殺了這個忘恩負義的人再請你們進城。"劉備妻子説:"他是因為打聽不到你們的下落,暫時在曹操那裏住了些日子。自從接到了你哥哥的信,他冒着生命危險護送我們到這兒,你千萬不要錯怪他。"張飛根本不相信:"嫂子,你上當了!忠臣應該寧死也不投降,哪有忠臣為兩個主人效勞的?"關羽説:"好弟弟,你冤枉了我!"旁邊一個人也説:"關將軍是特地來找你的。"張飛大聲嚷道:"這是胡説!他根本沒安好心,明明是來抓我嘛。"關羽説:"要是抓你,一定得帶着軍隊,可你看有嗎?"張飛把手一指:"你看,那不是來了?!"

關羽回頭一看,果然有一隊人馬向這邊飛跑,而且從旗子上看,真是曹操的軍隊。張飛大怒:"現在你還有甚麼好説的?"拿着長矛又狠狠地刺過來,關羽急忙避開:"你別急,我立刻就殺了這曹軍將領,表示我的真心。"張飛説:"要是你説的都是實話,我敲完三遍鼓,你就得殺掉那將軍。"關羽説了聲"好",就向那隊人馬跑去。張飛的第一遍鼓還沒敲完,關羽已經砍下來人的腦袋。張飛還抓了曹軍一個士兵,了解關羽的情況,才相信了關羽的話。

進了古城,劉備的妻子把關羽的事情詳詳細細説了一遍,張飛聽後大哭起來,這才拜見關羽。馬上舉行宴會慶祝兄弟相見。

過了幾天,劉備也來到古城,三兄弟又再團聚了。

九　劉備三請諸葛亮

　　劉備被曹操打敗以後，暫時住在新野這座小城裏。他想自己所以連吃敗仗，主要原因，是缺少一個有才能的人出謀劃策，但是，到哪裏去找這樣的人呢？他心中十分煩悶。

　　這時，忽聽外面有人唱歌：

"山野中有才能的人啊，

想去幫助英明的主人。

英明的主人尋找有才能的人啊，

卻不知道我的心。"

　　劉備聽了，連忙把他請了進來。這個人說："我的名字叫徐庶，聽說你對待有才能的人是非常好的，所以我願來幫助你。"

　　劉備非常高興，讓徐庶作軍師，對他十分尊敬。

　　此後，曹操又兩次派兵攻打劉備，都被徐庶用計打敗了。

　　曹操知道是徐庶幫助劉備打了勝仗，就非常希望徐庶拋棄劉備，投降自己。怎樣達到這個目的呢？他想了一個辦法：抓來了徐庶的母親，並以徐母的名義，給徐庶寫了一封信，說自己已經落到曹操手中，叫徐庶趕快來救。

徐庶是個有名的孝子，接到信後，又着急又難過。去吧，捨不得離開劉備；不去吧，母親正在虎口中。劉備知道以後，更是難過：好容易得到一個有才能的人，可眼看他又得走。他拉着徐庶的手，流着眼淚説：“你趕快去救母親吧，不要掛念我。”

第二天，徐庶走時，劉備送了一里又一里，送了幾十里，還捨不得分手。徐庶流着淚，依依不捨地説：“我不能再幫助你了。我走後，你另外選用有才能的人吧！”

“我哪裏還能找到像你這樣的人呢？你這一走，不知哪一天才能見面。”劉備説着，又流下了眼淚。

徐庶十分難過地告別了劉備，終於走了。他騎着馬，越走越遠。劉備站在路上，望着，望着，忽然徐庶的背影被一片樹林擋住，再也看不見了。劉備用馬鞭指着那片樹林哭着説：“我一定要砍掉這片樹林，因為它擋住了軍師的背影，使我再也看不見他了！”

正在這時，忽見徐庶又騎着馬跑了回來，劉備歡喜地迎上去説：“你不走了嗎？”

“我心裏很亂，忘記告訴你一件重要的事：在這附近，有一位非常有才能的人，他的名字叫諸葛亮，住在臥龍崗，你如果能得到他，統一天下就不成問題了。”

“他的才能比起你來怎麼樣？”

“我比他就好像烏鴉比鳳凰。但是你注意，一定要親自去請他，不然他是不會出來的。”

徐庶推薦了諸葛亮以後，才急忙走了。

一天，劉備準備了禮物，帶着關羽和張飛去請諸葛亮。到了他家，劉備親自敲門，裏面出來個書僮，劉備説：

“請你告訴諸葛先生，説劉備特地來拜訪他。”

“先生今早出去了，不在家。”書僮説。

“到哪裏去了？”

“不知道。”

“甚麼時候回來？”

“也許三五天，也許十幾天。”

劉備十分失望。張飛説：“既然見不着，我們回去吧。”關羽也勸他：“不如先回去，等他回來以後，咱們再來。”劉備只好對書僮説：

“如果先生回來，請告訴他，劉備來拜訪他了。”

他們剛離開諸葛亮的家，就看到一個十分文雅的讀書人，從山間小路上走過來。劉備對關、張説：“這人一定是諸葛亮。”急忙下馬，向那人行禮説：

“你是諸葛先生嗎？”

“你是誰？”那人問。

“我是劉備，特地來拜訪諸葛先生。”

“我不是諸葛亮，我是他的好朋友。”

劉備一聽是諸葛亮的好朋友，就十分尊敬地和他談起話來，一直談了很長時間。

回去的路上，張飛不高興地説：“諸葛亮找不着，又碰上這麼個酸溜溜的文人，耽誤這麼多時間。”劉備説：“他是諸葛亮的好朋友，也是有才能的人，他談的道理對我很有幫助。”

又過了幾天，劉備聽説諸葛亮已經回家了，就準備再去請。張飛嚷着説：“諸葛亮有甚麼了不起，何必哥哥親自去，派人叫他來就得了。”

“諸葛亮很有本事，我誠心誠意去請，還怕他不來呢，怎麼能隨便派人去叫？”劉備仍然要親自去請。關羽、張飛也只好跟着。

走了幾里，忽然颳起北風，飄下大雪。張飛不高興地説：“天冷的時候，連打仗都要停止，我們卻要去請諸葛亮，他到底有甚麼本領？不如回去避避風雪。"

劉備説："我正要使諸葛亮知道我懇懇請他的誠心，如果弟弟怕冷，可先回去。"

"我死都不怕，怕甚麼冷，我只怕哥哥又是白跑一趟。"

"既然不怕冷，就不要多説，跟着我去就得了。"劉備説。

到了諸葛亮家，那個書僮又出來了。劉備忙問："先生今天在家嗎？"

"在家，先生正在屋裏讀書。"

劉備十分高興，趕緊跟着書僮走進院裏，見屋中有一年輕人正在高聲讀詩。劉備等他讀完，走進去恭敬地説："我很久以來，就非常欽佩先生的才能，今天能見到你太高興了。"

那年輕人慌忙站起來説："你大概是劉備，想見我的哥哥諸葛亮吧？"

"先生不是諸葛亮嗎？"劉備驚訝地問。

"我是諸葛亮的弟弟。我們家兄弟三人，大哥諸葛瑾，現在東吳孫權那裏，諸葛亮是我二哥。"

"諸葛亮先生在家嗎？"

"我二哥昨天和他的朋友一起出去了。"

劉備失望地説："我真是不幸，兩次來拜訪都不能見到先生。"

張飛説："既然人不在，哥哥回去吧。"劉備對年輕人説："過幾天，我一定再來。"説完，留下一封信就走了。

劉備從諸葛亮家走出來，剛剛上馬，就聽書僮站在門口喊："老先生來了。"只見一位老人騎着驢，唱着歌，走了過來。

劉備心想：這才是諸葛亮啊！立刻下馬，上前恭敬地説："先生回來了，劉備已

等了半天了。"那人慌忙下驢答禮,這時只聽年輕人在後邊説:

"這不是我二哥,他是我二哥的岳父。"劉備知道又認錯人了,懊喪地騎上馬走了。

又過了些日子,已經到了春天,劉備準備再去請諸葛亮。關羽、張飛都很不高興。關羽説:

"哥哥兩次親自去請他,對他太尊敬了。依我看,諸葛亮一定沒有甚麼本領,所以故意躲起來不見,哥哥何必對他這樣迷信呢?"

"古代有作為的皇帝,對於有才能的人,都是這樣尊敬,我怎麼能不這樣?"劉備説。

"諸葛亮算甚麼有才能的人?這次哥哥不用去,我用一根繩子,把他捆來見哥哥。"張飛不滿地喊着。

"你怎麼能這樣沒有禮貌?這次你不用去,我和關羽兩人去。"劉備生氣了。

"既然兩位哥哥都去,我怎麼能不去?"

劉備説:"你如果要去,一定得老實點!"張飛答應了。

於是三個人騎着馬,又來到了諸葛亮的家。書僮出來對劉備説:"今天先生雖然在家,可是正在睡午覺。"

"好,我等一等,不要叫醒他。"劉備十分高興,叫關、張二人在門外等着,自己走進院裏。他看見諸葛亮的確正在屋裏睡覺,就懷着尊敬的心情在台階前默默地站着。

過了一會兒,關、張在外面等得不耐煩了,走進來,見劉備還恭恭敬敬地站在院子裏,張飛大怒,對關羽説:"等我去屋後放一把火,看他起不起。"劉備聽見,趕緊擺手,叫他們兩個仍然到門外去。

這時只見諸葛亮翻了個身,好像要起來,可是又面向裏面睡着了。過了大約兩個小時才真的醒了。問書僮:"有客人來嗎?"

"劉備來了，在外面等了很長時間了。"

諸葛亮這才坐起來說："為甚麼不早點告訴我？請他再等一會兒，我去換衣服。"說完，進了裏屋。又過了好半天，才穿好衣服，戴好帽子，出來迎接劉備。

諸葛亮先請劉備坐下，然後笑着說：

"很想聽聽你對現在天下形勢的看法。"

劉備說："現在朝廷上壞人掌權，漢朝的命運已十分危險。我力量雖小，但是很想除掉壞人，使漢朝強盛起來，所以希望先生出來幫助我。"

聽了劉備的話，諸葛亮拿出一張地圖。指着說："現在曹操在北方，有百萬軍隊，兵精糧足，這塊地方目前是不好爭奪的。孫權在江東，地勢險要，人民擁護，也是一時除不掉的，可以把他當做聯合的力量。只有荊州地區，西川一帶，目前佔有這些地方的人，都軟弱無能。我可以幫助你，首先佔領這些地方，與曹操、孫權形成三國鼎立的局面，然後，等力量強大了，再進一步統一天下。這樣，漢朝就可以強盛起來了。"

劉備聽了諸葛亮的這一番話，激動地站起來拜謝說："先生在家，就已經預見到了將來三國鼎立的局面，真使我萬分佩服。你的話，給我撥開了雲霧，使我見到了青天。"他誠懇地要求諸葛亮出來幫助。諸葛亮看到劉備確是誠心誠意，就答應了他的要求。

諸葛亮臨走時，囑咐弟弟說：

"我受了劉備三顧草廬的恩情，不能不出去幫助他。你要在家好好種地，等我幫劉備統一了天下，就會回來。"

此後，諸葛亮一直忠誠地跟着劉備，使劉備的力量越來越強。幾年以後，正像他預言的那樣，中國歷史上出現了三國鼎立的局面。劉備在他的幫助下，當了蜀國的皇帝。

十　初出茅廬

劉備自從請來諸葛亮以後，對他特別尊敬。讓他當軍師。關羽和張飛很不高興，就説："諸葛亮這樣年輕，有甚麼學問？哥哥還沒看到他的真正本領就這樣待他，也太過分了。"

劉備説："我得到諸葛亮，就像魚得到水一樣。你們兩個不要再説甚麼。"

一天，有人報告，曹操派夏侯惇帶領十萬大軍，攻打新野來了。張飛聽了，就對關羽説："讓諸葛亮去迎敵好了。"這時，劉備把他們兩人叫了去，跟他們商量："夏侯惇有十萬軍隊，我們只有幾千人，怎樣才能打退敵人呢？"

張飛説："哥哥，你怎麼不讓'水'去打？"

劉備説："打仗時出主意、用計策，要依靠軍師諸葛亮；勇猛殺敵，還要靠你們啊！二位兄弟怎麼可以推卸？"

過了一會兒劉備又請諸葛亮來商量。諸葛亮説："我可以指揮打仗，但是恐怕關、張二人不聽我的命令。如果你真的要讓我指揮軍隊，必須把代表權力的寶劍和印交給我。"劉備立刻把劍、印給了他。諸葛亮就召集眾將來聽令。張飛對關羽説："咱們先去聽聽，看他怎樣指揮。"

眾將到齊以後，諸葛亮對關羽的兒子關平説："敵人正在我們北邊的博望城中，從博望城到新野縣的路上，左邊是豫山，右邊是安林，再往南走，就到了博望坡。那裏路的兩邊都是蘆葦。你帶領五百軍士，準備好點火的東西，埋伏在那裏，敵人一到就馬上放火。"

又對關羽説："你可帶領一千軍士，埋伏在豫山，等敵人來到，不要交戰，放他們過去，敵人的糧草一定在後面。當你看到南邊博望坡一帶有火光的時候，再帶領軍隊出來打擊敵人，並把敵人的糧草車輛全部燒掉。"

然後對張飛說："你帶領一千軍士埋伏在安林，看到博望坡的火光，就帶領軍隊去博望城，找到敵人存糧的地方，把糧草全部燒光。"

又對趙雲下命令："你去迎敵，但不許打勝，只許打敗。"

安排完了，諸葛亮囑咐大家："必須按照我的計策去做，不許發生錯誤。"

這時關羽忽然問："我們都去迎敵，不知軍師做些甚麼？"

諸葛亮說："我的任務是守衛好新野縣城。"

張飛大聲笑着說："我們都去和敵人拚命，你卻在家裏坐着，好自在啊！"

諸葛亮立刻嚴肅地說："你們看見寶劍和大印了嗎？誰不服從命令就殺了誰！"

劉備連忙說："二位兄弟不許違背軍師的命令。"張飛冷笑着退了出去。關羽說："我們先看看他的計策靈不靈，然後再去找他算賬也不晚。"其他的軍官也都不知諸葛亮到底有沒有本領，所以雖然接受了命令，心裏卻都有點疑惑。

最後，諸葛亮又對劉備說："你今天就可帶領一千軍士到博望坡等候，明天傍晚，敵軍一定會來到。

看到敵人，你不要交戰，可丟下營寨就逃走。關平放火以後，你再帶領軍隊回過頭來夾擊敵人。"

諸葛亮還讓一些人準備慶功宴。

劉備看了諸葛亮的這些安排，心裏也疑惑不定。

第二天，夏侯惇在博望城準備去攻打劉備，分一半軍士做前隊，其餘的人保護着糧草車輛跟在後面。那時，正是秋天，傍晚又颳起了大風。夏侯惇帶領人馬走在去新野的路上，忽見前面塵土飛揚，好像有軍隊，就停住問道："這裏是甚麼地方？"一個人回答說："剛過豫山，前面是博望坡。"

夏侯惇見敵軍已經來到，就親自出馬，準備迎敵。忽然又哈哈大笑起來。左右的人不明白地問："將軍為甚麼笑啊？"夏侯惇說："聽人說諸葛亮像神仙一樣有才能，可是他竟派這樣的軍隊來和我們交戰，這不是趕着羊來和老虎鬥嗎？我來打伏的時候，曾對曹丞相說，一定活捉劉備和諸葛亮，現在看來，我的話肯定會實現。"於是騎着馬向前衝去。

前面正是趙雲帶着軍隊殺來。夏侯惇一見趙雲就罵道："你們跟着劉備，真是死路一條！"趙雲一聽氣壞了，立刻跟他打起來。打了一會兒，趙雲假裝打敗，回頭就跑。夏侯惇緊緊追上來。趙雲大約跑了十多里才停住。等夏侯惇追上來，又和他打，打了一會兒，回頭又跑。夏侯惇繼續緊追。這時有人對他說："這恐怕是誘兵，前邊可能會有埋伏。"夏侯惇笑着說："像這樣的軍隊，就是有十面埋伏，我有甚麼好怕的？"於是不聽勸告，一直追趕到博望坡。

忽聽一聲炮響，只見劉備親自帶領軍隊衝出來，幫助趙雲。夏侯惇笑着對周圍的人說："你們看，這就是諸葛亮埋伏的軍隊，我今天晚上要不打到新野，決不收兵！"於是帶領軍隊緊追猛打。劉備和趙雲一看敵人打過來，又連忙向後退去。

當時天色已經很晚，烏雲滿天，風越颳越大。夏侯惇只顧追殺劉備，不料道路越走越窄，兩邊的蘆葦被風吹得唰唰地響。這時有人對他說：“道路這樣窄，兩邊又都是蘆葦，如果敵人放一把火，我們怎麼辦？”夏侯惇一聽，大吃一驚，猛然明白過來，立刻下命令停止前進，向後退。話還沒說完，只聽喊聲震天，兩邊的蘆葦全都着起火來。四面八方，成了一片火海。大風又颳得正兇，火燒得更加猛烈。夏侯惇的軍隊，為了逃命，互相踐踏，不知死了多少。這時，劉備和趙雲又殺了回來，夏侯惇只好冒着煙火逃命。

後面保護糧草的軍隊，見前面有火光，知道事情不好，剛要往回逃，只見一支軍隊攔住道路，原來是大將關羽。護糧軍只好丟下糧草逃跑，結果糧食、車輛都被關羽燒了。僥倖逃回博望城的將士，碰上張飛來這裏放火燒糧，又被攔住殺了一陣。這天夜裏，直殺得曹軍到處是屍體，血流成河。夏侯惇只好帶着殘兵敗將逃回許昌去見曹操。

這一仗，劉備的軍隊大獲全勝。在回新野的路上，關羽和張飛讚歎地說：“諸葛亮真是個英雄啊！”正說着，忽見前面來了一支軍隊，隊伍前面，軍士們推着一輛小車，車上端端正正坐着一個人，不緊不慢地搖着羽毛扇，原來正是軍師諸葛亮，前來迎接他們。關羽和張飛立刻拜倒在車前，表示對諸葛亮的敬佩。這時劉備、趙雲、關平等人也都來了，大家帶着許多戰利品，勝利地回到新野。

十一　長坂橋趙雲救阿斗

　　曹操帶領五十萬軍隊前來攻打劉備。劉備的軍隊只有幾千人，不得不放棄新野，往別處轉移。新野的老百姓都願跟他一塊走，軍民一共十多萬人，抱着孩子，扶着老人，每天只能前進十幾里。

　　當時諸葛亮和關羽去別處借兵，還沒回來。張飛走在隊伍的最後，趙雲負責保護劉備的兩位夫人和兒子阿斗。

　　這天夜裏，忽然西北面一片喊聲，原來是曹軍追上來了。劉備急忙迎敵，可是因為人少，被曹軍緊緊包圍起來。正在危急的時候，幸虧張飛趕來，把劉備救了。張飛保護着劉備，一邊打，一邊跑，直到天亮，離敵人比較遠了，才停住馬。劉備回頭一看，跟來的軍士只剩了一百多人，妻子、兒子和大將趙雲，以及十幾萬老百姓都不知哪裏去了。

　　正在這時，忽見一個軍官滿身是傷，從遠處跑來向劉備報告説：“趙雲投降曹操去了！”

　　劉備吃了一驚，想了想，堅決地搖了搖頭説：“趙雲是我的好兄弟，決不會背叛我！”

　　張飛説：“他看我們現在沒有力量了，怎麼不可能為了富貴去投降曹操！”

　　劉備説：“趙雲是在我最困難的時候來跟着我的。他的心像鐵石一樣堅定。就是富貴，也不能使他動搖。”

那個受傷的軍官又說：「我親眼看見他往曹操那邊去了。」

張飛說：「我去找他。如果碰見，一槍把他刺死！」

劉備急忙制止：「你千萬不要魯莽。趙雲去曹操那邊肯定有原因。」

張飛哪裏肯聽，早騎上馬，帶領二十多個軍士，追趙雲去了。一直追到長坂橋。

原來這天夜裏，趙雲只顧來回衝殺，到天亮一看，劉備不見了，夫人和阿斗也不知哪裏去了。他非常着急，心裏想：「主公把兩位夫人和兒子阿斗交給了我，現在我把他們丟了，還有甚麼臉回去見主公？不如去和曹軍拚命，無論如何也要找到夫人和阿斗。」他騎着馬，向曹軍那邊跑去。

跑着跑着，忽聽路邊有人喊：「趙將軍，你到哪裏去？」趙雲一看，原來是給兩位夫人趕車的軍士。連忙向他打聽夫人的情況。那軍士說：「剛才我看見甘夫人披着頭髮，光着腳，混在一夥老百姓裏面，往南跑了。」

趙雲急忙往南追下去。只見前面果然有一羣老百姓。趙雲追上他們大聲問：

「這裏邊有甘夫人沒有？」

夫人在人羣裏看見趙雲，就大哭起來。趙雲立刻下馬，流着眼淚說：「把你丟下，這是我的罪過。不知糜夫人和阿斗在哪裏？」

甘夫人說：「我和糜夫人被曹軍追趕，只好丟下車子，混在老百姓裏逃跑，結果又被曹軍衝散。糜夫人和阿斗都不知哪裏去了。」

趙雲請甘夫人上馬，保護着她一直來到長坂橋。只見張飛騎着馬，手握長矛，站在橋上。一見趙雲就大聲問：「趙雲，你怎麼背叛我哥哥去投降曹操！」

趙雲說：「我因為去尋找夫人和阿斗，才落在後邊，怎麼説我背叛？現在主公在哪裏？”

“就在前邊不遠。”

趙雲說：“你先派人保護甘夫人去找主公，我還要去尋找糜夫人和阿斗。”說完，就又順着來時的路，向曹軍那邊奔去。這時，他的身後一個軍士也沒有了，只剩了他一個人，在敵人的千軍萬馬中到處尋找衝殺。

忽然有個百姓告訴他：“糜夫人左腿受了傷，正抱着孩子，坐在前面的牆根底下哭呢。”

趙雲立刻騎馬向前跑去，只見前面有個人家，房屋和牆壁都被火燒壞了，糜夫人果然抱着阿斗，坐在牆下一口枯井旁不住地哭着。趙雲急忙下馬，跪在地上。夫人看見趙雲，就大哭着說：“能見到將軍，阿斗就死不了啦。願將軍可憐他父親打了半輩子仗，就這一個孩子。如果將軍能保護着阿斗見到他父親，我就是死了，也安心了。”

趙雲連忙拉過自己的馬，對夫人說：“請夫人快上馬，我步行，保護夫人衝出去。”

糜夫人說：“這樣不行。將軍打仗，怎能不騎馬？這孩子全靠將軍保護，希望你趕快把他抱走。我的傷很重，死了也沒甚麼可惜，千萬不要為我誤了大事。”

趙雲着急地說：“敵人已經快追上來了，請夫人趕快上馬吧。”

糜夫人依然堅持說：“我實在不能走了，你快把阿斗抱去吧。”說着，就把阿斗遞給趙雲。趙雲不接，又再三請夫人上馬。夫人怎麼也不上，趙雲急得嚴厲地大聲說：

“夫人不聽我的話，如果曹軍追上來，怎麼辦？”

糜夫人忽然指着遠處説：“將軍請看，曹軍來了！”

趙雲急忙回身，糜夫人立刻把阿斗放在地上，一下子跳進了身旁的枯井。

趙雲看遠處並沒有曹軍，只聽身後哂的一聲，急忙回頭，糜夫人已跳井死了。趙雲大吃一驚，來不及悲痛，連忙推倒井邊的一堵牆，填上枯井，以防曹軍搶去夫人的屍體。又解開衣甲，把阿斗放在懷中，用腰帶繫好，提槍上馬，直向長坂橋奔去。

這時早有曹操的一支軍隊趕上來，把他團團圍住。他剛剛衝出包圍，又被一支敵軍攔住。趙雲因為懷裏揣着阿斗，不敢死戰，他奮力衝殺，見人就刺，為自己殺開一條血路。當時曹操正在山頂上觀戰，遠遠看見一個年輕的將軍無比勇猛，沒人能夠阻擋，急忙問這是誰。有人回答：是趙雲。曹操讚歎地説：“真像猛虎一樣！”馬上命令：“告訴大家，趙雲所到的地方，不許放冷箭，要給我捉活的！”

一下子，四面都響起了活捉趙雲的喊聲。趙雲使盡渾身力氣，保護着阿斗，邊戰邊走。當他終於殺出重重包圍，快到長坂橋時，衣服全被鮮血濺紅了，連馬都累得跑不動了。幸好張飛站在橋上。趙雲大聲喊：“張飛，快來救我！”

張飛往旁邊一閃，給他讓開路：“你趕快過橋，後面的追兵，我來對付！”

趙雲過了長坂橋，又走了二十多里，見劉備等人正坐在一棵大樹下。他急忙下馬，來到劉備面前，跪在地上哭起來。劉備看見趙雲，激動萬分，趙雲喘息了一會兒才説：“我的罪過太大了，就是讓我死一萬次，也無法彌補。糜夫人受了重傷，又不肯上馬，跳井死了。我只好推倒土牆，把她埋了。又把公子揣在懷裏，衝出了包圍。剛才公子還在哭，這會兒已聽不見聲音，可能也活不成了。”説着解開衣甲一看，原來阿斗呼呼地睡得正香。

趙雲高興地用雙手托着，把他遞給劉備。劉備接過孩子，一下子扔在地上，流着眼淚說：“為你這小子，幾乎使我失去親愛的兄弟！”趙雲連忙把阿斗抱起來，激動地說：“你對我的恩情，我一輩子也忘不了啊！”

張飛在長坂橋，只有二十個軍士。趙雲過橋以後，眼看追兵就到，怎樣對付敵人的千軍萬馬呢？他看見橋邊有一片樹林，就想出了一條計策：叫二十個軍士砍一些樹枝，拴在馬尾巴上，然後騎上馬，在樹林後面來回跑，衝起塵土，使曹軍以為這裏埋伏着軍隊。

曹軍的一員大將，帶着許多軍隊，追到長坂橋，只見張飛鬍子一根一根直豎起來，滿臉怒氣，兩隻眼睛瞪得圓圓的，手握長矛，一個人騎馬站在橋頭。後面的樹林裏，飛起一片塵土，好像埋伏着不少軍隊。這員大將停住馬，不敢再前進。這時，又有八員大將，追到橋邊。看見橋上只有張飛一個人，也以為是諸葛亮的計策，所以都停下來，不敢過橋。九員大將，一字排開，站在橋西，想不出辦法，只好派人向曹操報告。

曹操立刻騎馬趕來，張飛看見曹操來了，知道他也是疑心有埋伏，所以親自來看。張飛怒氣沖沖地大喊一聲：“我是張飛！誰敢跟我交戰！”

那聲音就像打雷一樣，曹軍聽了都嚇得兩腿不停地哆嗦。曹操急忙跟左右的人說：“我過去曾經聽關羽說，張飛在千軍萬馬中砍去大將的腦袋，就像從口袋裏掏東西一樣容易。今天碰上了他，咱們可要小心！”話還沒說完，只聽張飛又瞪着眼睛大聲喊：

“我張飛在這裏，誰敢來和我交戰！”

曹操見張飛這樣勇猛，就想退兵，張飛遠遠看見曹軍後面的隊伍在動，就舉起長矛又大喊一聲：“戰又不戰，退又不退，你們這是幹甚麼？”

喊聲沒完，曹操身邊的一個將軍，竟嚇得掉下馬去。曹操轉身就跑。於是曹軍一齊向西逃去，人馬擁擠，死了很多人。

張飛見曹軍被他嚇跑了，也不追趕，叫回樹林後面的那二十個軍士，命令他們立刻把長坂橋拆掉，一同去追趕劉備。

見到劉備以後，張飛把拆橋的事說了。劉備說：

"你勇猛倒勇猛，但是計策用得不大對。"

張飛問："為甚麼？"

劉備說："你走的時候，不應該拆橋。曹操是個非常聰明的人，見你把橋拆了，一定會追上來。"

張飛說："他們被我大喊一聲，全嚇跑了，怎麼敢再追？"

劉備說："你如果不拆橋，他們會以為橋這邊有埋伏，可能不敢追；你現在把橋拆了，曹操就會想我們是害怕追趕，所以一定會追上來。況且曹軍有幾十萬人馬，就是在長江，也能很快搭起一座橋來，他們還會怕這座小橋被拆掉？"於是立刻命令軍隊出發。

曹操跑了一會兒，見張飛沒有追，就派人回去看看情況。那人回來報告說："張飛把橋拆了，現在已經走遠了。"

曹操笑着說："拆了橋，這說明他害怕追趕。"立刻派軍隊去搭橋，準備連夜過河。旁邊有個將軍說："這會不會是張飛的計策呢？"

曹操說："張飛這個人有勇無謀，是不會用甚麼計策的。"於是傳下了火速追趕劉備的命令。

十二　赤壁之戰

曹操基本上統一了北方以後，就帶領八十三萬軍隊，詐稱一百萬，到長江一帶，來攻打劉備和孫權。

當時劉備只有一萬軍隊。江東孫權呢？雖然兵精糧足，但是比起曹操來，力量可就小得多了。在這危急情況下，諸葛亮

代表劉備，來到了江東。他們決定孫、劉聯合起來，共同抵抗曹操。孫權讓周瑜當水軍都督，作抵抗曹軍的總指揮。

周瑜機智、果斷，是個很有軍事才能的年輕軍官。他帶領江東水軍，浩浩蕩蕩來到赤壁，準備與曹操決戰。

幾天以後，南軍與北軍，在長江之上，赤壁一帶，都已準備就緒。一場大戰就要開始了。

蔣幹盜書

一天，曹操派人給周瑜送來一封勸降信。周瑜連看也不看，就把信撕了，把送信的人也殺了。接着就指揮水軍準備進攻。

曹操聽説周瑜撕了信，還殺了送信的人，非常生氣，便讓水軍都督蔡瑁、張允去迎敵。

兩軍在長江上大戰一場，一直殺了四、五個小時。周瑜大勝，曹軍大敗。

這下子曹操可氣壞了，把蔡瑁、張允叫來，責備他們說："我們兵多，可是卻被打敗了。都是你們不努力！"

蔡瑁、張允申辯說："不是我們不努力，是因為北方來的軍隊不會在水上打仗，船一搖動，他們就站不住。不用打，自己就倒了。這些人必須好好訓練，才能用。"

"既然我派你們做水軍都督，你們就應該好好訓練他們哪！"

兩人聽了曹操的話，就開始日夜精心訓練水軍。

過了幾天，周瑜坐着船來偷看曹軍水寨，不禁大吃一驚。只見這水寨井井有條，可以看出曹操的水軍都督是很有經驗和才能的。因此忙問："他們的水軍都督是誰？"別人告訴他是蔡瑁、張允。周瑜暗想："這兩個人生長在南方，水戰十分有經驗，一定要想辦法先除掉他們。"

這時，有人報告曹操，周瑜偷看水寨。曹操急忙派船追趕，可是周瑜早已去遠了。

曹操十分煩悶，對周圍的人說："前幾天打了一次敗仗，今天又被周瑜偷看了水寨，用甚麼辦法才能打敗周瑜呢？"

話還沒說完，只見一個人站出來說："我從小和周瑜是好朋友，願意到江東去說服他來投降。"

這個人是誰呢？他的名字叫蔣幹，現在是曹操的謀士。曹操聽了他的話十分高興，馬上擺酒，給他送行。

蔣幹划了一條小船，一個人來到江東，叫人向周瑜報告：老朋友蔣幹前來拜訪。周瑜知道後，笑着向周圍的人說："勸我投降的人來了。"接着就小聲地作了許多安排，叫大家分頭去執行。

周瑜帶着許多人，非常隆重地出來迎接蔣幹，說："老朋友辛苦了，你這麼遠來，一定是勸我投降的吧！"

蔣幹聽了一愣，忙説："你既然對老朋友這樣不信任，就讓我回去吧。"

周瑜連忙拉着他的手笑着説："我只是有點擔心。既然沒有那種意思，請你不要生氣。"

周瑜舉行了盛大的宴會招待蔣幹。宴會開始時，周瑜拿着寶劍對大家説：

"蔣先生和我，從小就是好朋友。他雖然是從曹操那裏來的，但不是曹操的説客，大家不要疑心。今天的宴會，我們只談友情。誰要談打仗的事，立刻拿這把寶劍殺了他。"蔣幹聽了又吃驚，又害怕，一句勸降的話也不敢説。

宴會歡暢地進行着，周瑜假裝喝醉，對蔣幹説："我的主人孫權，對待我就像親兄弟一樣，如果有人想勸我投降，那真是白費苦心。"説完拉着蔣幹的手哈哈大笑。蔣幹嚇得面如土色。

周瑜又指着周圍的人説：

"今天參加宴會的，都是江東的英雄豪傑，真可以把這次宴會叫做'羣英會'啊！"接着他拿起寶劍，邊歌邊舞。整個宴會上的人，都盡情飲酒歡笑，蔣幹卻如坐針氈。

宴會結束後，已是深夜，周瑜對蔣幹説："很久沒和你在一起睡覺了，今

蔣幹盜書

天咱們在一個床上睡吧。"於是裝做醉得糊裏糊塗的樣子，拉着蔣幹一塊兒睡了。

蔣幹趴在枕頭上，翻來覆去，怎麼能睡得着？大概過了一兩個鐘頭，看到睡在旁邊的周瑜已經鼾聲如雷，他就悄悄起來，走到桌旁。見桌上堆着許多信，翻了翻，忽見其中有一封寫着："蔡瑁、張允敬上。"蔣幹大吃一驚，急忙拿起來讀，見上面寫着：

"我們兩人投降曹操，並不是真心。現在已把曹操的軍隊騙在水寨之中，只要有機會，一定拿曹操的頭來獻給你。這幾天，就會有結果向你報告，希望你不要疑心。"

蔣幹暗想："原來蔡瑁、張允勾結周瑜！"於是把信偷偷裝在衣袋裏。再想偷看其他的信時，忽聽周瑜在床上翻身，蔣幹急忙把燈吹滅，又上了床，一動也不敢動。只聽周瑜含含糊糊地説："蔣幹，蔣幹……我讓你看曹操的腦袋……曹操的腦袋……"蔣幹只好勉強答應，一動不動地躺着。

將近凌晨兩點，只聽有人進來輕聲問："都督醒了嗎？"

周瑜裝作忽然驚醒的樣子，問來的人："床上睡的誰？"

"都督請蔣幹一塊兒睡，怎麼忘了？"

周瑜故作後悔地説："哎呀，我平時從來不喝這麼多酒，昨天一高興，喝得太多了，不知醉後説了甚麼不該説的話沒有？"

來人説："曹操那裏有人來報告消息。"

"小聲點兒！"周瑜連忙制止他，又馬上回過頭來輕輕地叫："蔣幹，蔣幹。"蔣幹只裝睡着。

周瑜同來人悄悄走出門外，蔣幹立刻起來跟着去偷聽。只聽來人説："蔡瑁、張允二都督説現在沒有機會，很難下手……"後面的話，聲音太小，聽不清楚。蔣幹只好又悄悄地躺到床上。過了一會兒，周瑜進來，又輕聲叫："蔣幹，蔣幹。"蔣幹仍不答應，蒙着頭，假裝睡着。周瑜也就脫衣睡了。

　　蔣幹心裏想："周瑜是個精明人，明天早上發現信沒有了，一定會殺死我。不如現在逃走。"於是他輕聲叫："周瑜，周瑜。"見周瑜睡得十分香甜，就馬上穿好衣服，來到長江邊，軍士問他："先生上哪兒去？"

　　"我在這裏恐怕耽誤周都督的時間，回去了。"軍士也不攔他。

　　蔣幹回到江北，見到曹操說："周瑜對孫權十分忠心，看來勸他投降是不可能的。"

　　"事情沒辦好，反而白白被江東笑話！"曹操很生氣。

　　蔣幹馬上十分神秘地走近曹操，湊到他耳邊低聲說："雖然沒勸動周瑜，卻為你了解到一個重要情況。"於是他把夜間見到的事情說了一遍，並把信交給了曹操。曹操一看，氣得鬍子都豎起來了，立刻把蔡瑁、張允叫了來說：

　　"我想讓你們去進攻周瑜。"

　　"水軍還沒有練好，現在進攻，恐怕不能取勝。"二人急忙回答。

　　"水軍如果練好，我的腦袋也早讓你們獻給周瑜了！"說完，立刻讓人把他們兩個殺了。

　　過了一會兒，曹操忽然明白過來了，知道自己上了周瑜的當。但是他不肯向周圍的人承認這一點，只說蔡、張二人違犯軍令，所以把他們殺了。

草船借箭

　　江東有個大官，名叫魯肅。這個人忠厚、老實、有遠見，周瑜很敬重他。

蔡瑁、張允被殺以後，周瑜非常高興，他悄悄對魯肅説：
"咱們這裏誰都不知道是我用計殺了蔡瑁、張允，但諸葛亮是
個很有才能的人，你可以去看看他知道不知道。"

魯肅見了諸葛亮，十分客氣地説："最近我比較忙，所以
也沒來看你。"

"是啊，我也一樣，所以也沒來得及去向周都督表示祝
賀。"

"祝賀甚麼？"魯肅奇怪地問。

"就是他讓你來了解我知道還是不知道的那件事，值得祝
賀呀！"

魯肅吃了一驚："先生怎麼知道的？"

諸葛亮笑着説："周瑜的這條計，只能騙蔣幹罷了。現在
蔡瑁、張允死了，周瑜沒有敵手了，怎麼不值得祝賀呢？"

魯肅聽了，沒有話説，只好回去見周瑜。臨走，諸葛亮囑
咐他："你千萬不要對周瑜説我知道他的計策。"魯肅答應了，
可是見到周瑜後，還是把情況照實説了。周瑜大吃一驚，心裏
想："這樣有才能的人跟着劉備，將來劉備一定會強盛起來，
那可就麻煩了。"因此，很想殺掉諸葛亮。魯肅勸他説："如
果殺了諸葛亮，人家一定説你忌妒，也會被曹操笑話。"

草船借箭

周瑜胸有成竹地笑着說：“我自有辦法殺掉他，叫他死而無怨。”

第二天，周瑜就請諸葛亮來商量事情。

周瑜說：“我們在水上打仗，最需要的就是弓箭，麻煩先生製造十萬支箭，以便打仗時用。”

“要求甚麼時候造完？”諸葛亮問。“十天之內可以完成嗎？”周瑜故意把時間給得很短。

諸葛亮卻回答：“曹操不知哪一天就會打過來，若等十天，恐怕會誤了大事呢！”

“那麼先生幾天可以造完呢？”

“我看三天就夠了。”

“軍隊裏是不能開玩笑的。”

“我怎麼敢和都督開玩笑？三天如果不能交出十萬支箭，你可以重重地處罰我。”周瑜聽了高興極了，馬上讓人把諸葛亮的話寫下來，作為憑據，如果三天以後造不出十萬支箭，好名正言順地殺掉他。

等諸葛亮走了，魯肅對周瑜說：“諸葛亮是不是在騙人呢？三天怎麼造得出十萬支箭？”

周瑜說：“他自己來送死，又不是我逼他。我已經安排好了，讓工人都慢慢幹活，原料也不給夠。三天以後，叫他長上翅膀也難逃活命。”又對魯肅說：“你去看看他怎樣造箭。”

諸葛亮一見魯肅來到，就拉他說：“我囑咐你千萬不要說我知道他的計策，可是你不聽，現在他果然要害我。三天之內怎能造出十萬支箭？只得求先生救我。”

“這是你自己找死啊！我怎麼救得了你？”魯肅同情地說。

“你只要借給我二十條船，船上用黑布圍起來，再捆一千多個草把子，立在船的兩邊。每條船上給三十個軍士。這樣，三天以後我保證交給周瑜十萬支箭。可是，我要的這些東西，你千萬別讓周瑜知道，如果他知道了，我的計策就失敗了。"魯肅都答應了，見到周瑜時，果然沒提借船的事。

魯肅按照諸葛亮的要求，真的給他二十條船。第一天，不見諸葛亮有甚麼行動。第二天，仍不見他有甚麼行動。直到第三天凌晨兩點多鐘，諸葛亮才把魯肅秘密請到船中。魯肅莫明其妙地問：

"你半夜叫我來幹甚麼？"

"請你和我一同去取箭。"

"到哪去取？"

"你先別問，跟我一塊兒去就得了。"

於是二十條船就向江北開去。這一夜，長江上大霧滿天，對面看不見人。天還沒亮，船已靠近曹軍水寨，諸葛亮命令把船頭朝西，船尾朝東，一字排開，叫軍士敲鼓吶喊。

船中，諸葛亮擺好酒飯，請魯肅喝酒。魯肅見船向江北開去，心中已十分害怕，又見諸葛亮叫軍士敲鼓吶喊，嚇得直抖，急忙問："我們只有二十條船，如果曹兵出來，怎麼辦？"

諸葛亮從容地笑着說："我料定曹操在大霧之中不敢出來。咱們只管喝酒，等霧散了就回去。"說完又勸魯肅："喝呀，喝呀。"到了這一步，魯肅是又害怕，又沒有辦法，只好聽從諸葛亮的擺佈。

曹操聽見江東水軍在長江上敲鼓吶喊，就下命令說："今夜江上有大霧，江東水軍忽然來到，一定有埋伏。我軍只可放箭不可輕易出動。"命令傳下以後，曹軍射的箭，像雨點一樣，落在那二十條船上。

過了一會兒，諸葛亮又命令船頭朝東，船尾朝西，繼續接箭。直到天快亮了，大霧快散了的時候，諸葛亮才叫收船回去。這時船上已插滿了箭，足足有十萬多支。諸葛亮又讓船上軍士大聲喊："謝謝曹丞相的箭！"等曹操知道上了當，再來追時，他們早已去遠了。

回到江東，諸葛亮對魯肅説：“不費江東一點力，白得十萬多支箭，以後用來射曹操，不是很好嗎？”魯肅非常佩服地問：“先生怎麼知道今天有這樣大的霧呢？”

“要想指揮打仗，不懂天文，不懂地理，怎麼行呢？我三天以前就知道今夜有大霧，所以敢向周瑜要三天的期限。周瑜叫我十天造十萬支箭，原料卻不齊備，明明是想用這個辦法殺我。可是他白費心思，怎麼殺得了我？”

魯肅把諸葛亮草船借箭的事對周瑜説了，周瑜又大吃一驚，歎口氣説：“諸葛亮的才能，我遠遠趕不上啊！”他把諸葛亮請來，對他表示了感謝，然後説：“我昨天想出了一個打敗曹操的辦法，不知行不行，願先生幫我做個決定。”諸葛亮説：“我也想了個辦法，咱們先別説，都把自己的辦法寫在手上，看一樣不一樣。”

兩人用筆在手上寫了，然後互相看着對方的手，都大笑起來。原來兩人寫的都是“火”字，於是他們就決定了用火燒曹操戰船的辦法，來打敗曹操。

苦肉計

一天晚上，周瑜正在發愁：如果用火攻，最好有人到曹操那兒去假裝投降，好帶去引火船。但這是個非常危險的工作，派誰去呢？這時江東的一個老將黃蓋，來見周瑜，表示願意承擔這個任務。周瑜誠懇地拉着他的手説：“要騙過曹操，就得用苦肉計，你是要吃點苦的，受得了嗎？”黃蓋表示，為江東，死了也甘心。周瑜十分激動地向他表示了謝意。

第二天，周瑜召集軍官開會，對大家説：“請大家準備三個月的糧食，去攻打曹操。”

只見黃蓋站出來說：“別説三個月，就是三十個月也不一定能打敗曹操！”周瑜一聽，氣得跳起來，大聲説：“你怎麼敢擾亂軍心，拉出去殺了。”大家都跪下替黃蓋求情，周瑜還是十分生氣，最後說：“不殺，也得重重地打他一百棍。”

黃蓋被打得鮮血直流，大家看了都很同情。魯肅對諸葛亮說：“今天周瑜打黃蓋，我們都是他的部下，不敢勸他。先生你是客人，為甚麼在旁邊一句話也不說？”

諸葛亮笑着說：“你又來騙我。”

“先生為甚麼說這種話？”

諸葛亮說：“你難道不知道這是周瑜的苦肉計嗎？怎麼讓我去勸他？周瑜只有用這個辦法，才能騙過曹操啊！你看吧，以後，黃蓋就該假裝去投降了。”又說：“這次你可千萬別再讓周瑜知道我看破了他的計策，只說我也怨他對黃蓋太狠心才好。”

魯肅去見周瑜，周瑜問他：“諸葛亮對今天的事情怎麼看？”

苦肉計

"他也説你太狠心了，不該這樣打黃蓋。"

周瑜大笑着説："這次我可瞞過他了。這是我用的計策呀！不打黃蓋，曹操怎麼能相信他去投降是真的呢？"魯肅聽了，對諸葛亮的才能更加欽佩。

第二天，曹操收到了黃蓋派人送來的投降信。曹操把這封信反覆看了十幾遍，也決定不了黃蓋投降到底是真是假。這時，曹操安排在江東的奸細，忽然回來報告，説昨天周瑜無故打了黃蓋，黃蓋和他的部下心中很是不服，對周瑜有怨恨之心，想要過江來降。曹操聽了非常高興，心想，黃蓋投降也許是真的？但他還是有些不放心，就問："誰願到江東去打聽打聽，黃蓋投降到底是真是假？"

蔣幹站出來説："上次我去江東，沒有完成任務，非常慚愧。現在我願再去一趟，一定打聽到真實消息，向你報告。"

連環計

蔣幹又來到了江東。

周瑜聽説蔣幹又來了，高興地説："這回我打敗曹操沒問題了。"馬上叫人把龐統請來，向他做了安排。

這龐統是個甚麼人呢？原來他是江東很有名的人，這個人非常有才能，周瑜對他很尊敬，曾向他請教打敗曹操的辦法。龐統説："要想打敗曹操，必須用火攻。但長江很寬，一船着火，其他的船都會散開，不能全燒燬。必須向曹操獻個連環計，叫他把船都釘在一起，然後再用火攻，才可成功。"周瑜很佩服他的看法。對魯肅説："替我向曹操獻連環計的人，一定得是龐統。"魯肅説："問題是他沒有機會到曹操那裏去呀！"

這時忽報蔣幹來到，周瑜馬上想到一個利用蔣幹，送龐統去曹操那裏的計策，所以很高興。

　　蔣幹進來後，周瑜作出非常生氣的樣子説：“蔣幹，你也太欺負人了，上次為甚麽偷我的信？結果曹操殺了蔡瑁、張允，破壞了我的計劃。今天又來，一定不懷好意。我要不因為你是老朋友，一刀就把你殺了。”説完又命令軍士：“把他帶到山裏去，等打完仗，再放他回去。”

　　蔣幹想説話，可周瑜不理他。他只好來到山中，心中十分煩悶。

　　這天夜裏，他正在煩惱，忽聽前面有讀書聲。他想，在這深山裏，夜間讀書，一定是不平常的人。於是隨着聲音來到一間草房前，叫開門一問，原來是江東名士龐統。蔣幹十分高興，心想：“我這次來江東，任務又不能完成，回去曹操一定會怪罪，不如把龐統請去，也算是我的功勞。”於是就問龐統：“你是很有名的人，為甚麽一個人呆在深山裏呢？”龐統回答：“周瑜覺得自己了不起，看不起人，所以我隱居在這兒。”蔣幹忙説：“你的才能在哪兒不能用呢？如果願意跟着曹操，他一定會歡迎你，我願給你介紹。”龐統答應了，説：“那麽咱們就快點走，不然周瑜知道了，就不好辦了。”

　　兩人划船來到江北，蔣幹先去報告。曹操一聽龐統來了，果然十分高興，親自出來迎接。

　　曹操領他去參觀水寨，希望他提出意見。龐統問：“你這裏好醫生多嗎？北方人不習慣坐船，一定有很多人嘔吐生病吧。”

　　曹操正在為這件事發愁呢！聽他一説，就誠懇地問他有甚麽好辦法。龐統説：“如果把大船和小船配搭好，三十隻為一排，用鐵環連起來，上邊鋪上木板，北方軍士走在上面，一定像走在平地上一樣，不就不生病了嗎！”曹操聽了非常高興，感謝地説：“要沒有先生的好辦法，我怎麽能打敗周瑜啊！”立刻傳下命令，叫把船趕快連接起來。軍士聽説了，也都十分高興。

過了幾天，曹操觀看水軍訓練。見用鐵環連在一起的船，像平地一樣穩。北方軍士，再也不暈船嘔吐了。曹操十分得意，覺得打敗周瑜已是十分有把握的事了。

旁邊有個謀士説：“船連在一起，穩是穩了，可是如果周瑜用火攻，我們可就危險了。”曹操大笑着説：“你的話是很對的，但是你沒想到，要用火攻，必須借助風力。現在正是冬天，只有西北風。我們在江北，他如用火攻，一定會燒他自己，我怕甚麼？如果是春天，颳東南風的時候，我早就注意了。”大家聽了都很信服。

借東風

這天，周瑜正帶着人站在山頂上，遠遠地看着曹軍訓練。忽然一陣西北風颳過來，周瑜見軍旗驟然飄向東南，他猛地想起一件心事，大叫一聲，暈倒在地上。

大家把他抬了回去，都很發愁。大敵當前，都督又得了這樣的重病，怎麼辦呢？

魯肅來見諸葛亮。諸葛亮説：“周瑜的病，我能治。”魯肅馬上請他去。

諸葛亮見周瑜躺在床上，就説：“幾天沒來看都督，沒想到都督生病了。”周瑜勉強説：“人隨時都會遇見想不到的禍事，這是沒有辦法的。”

“天也隨時能颳起想不到的風雲，這也是很難預料的啊！”諸葛亮笑着説。

周瑜聽了心裏一動，因為諸葛亮正説中了他的心病。諸葛亮又説：“我有個藥方，可以治都督的病。”説着就在紙上寫：

"欲破曹公，須用火攻，萬事俱備，只欠東風。"

周瑜看了暗想："諸葛亮真像神仙一樣，早就知道了我的心事，索性把一切都告訴他吧。"就說："先生已經知道我生病的原因，現在事情已很危急，希望能幫着想想辦法。"

諸葛亮說："你不是發愁沒有東風嗎？你可在南邊山裏修一個高台，再給我一百二十個人。我可以向老天爺借來三天三夜東南大風，幫助你去火燒曹操，你看怎麼樣？"

"別說三天三夜，只要能借來一夜大風，我就可以成功。只不過情況緊急，得快點才成。"

"十一月二十日風起，二十二日風停，怎麼樣？"

周瑜一下子從牀上跳起來，一點病也沒有了。馬上派人去山裏修建高台。

精選白話三國演義

赤壁之戰

赤壁之戰圖

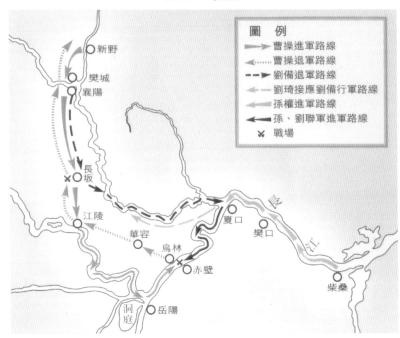

到了十一月二十日凌晨，魯肅陪着諸葛亮來到山中，諸葛亮説：“你回去幫助周瑜打仗吧，如果我借東風借不來，可別怪我呀。”説完就登上高台。台上有一百二十個軍士守護。

這一天，周瑜帶領軍隊，已作好了一切準備。黃蓋也準備好了二十條引火船，只等東風一起，就行動。大家等了一天，也沒有風來，都很着急，以為諸葛亮是胡説。直到夜裏快十二點，忽聽風響，軍旗飛舞，都飄向西北，東南大風漫天颳來。

周瑜驚得愣住了，心裏想：“諸葛亮真比神仙還厲害，這個人決不能留！”急忙叫來兩個軍官，命令：“你們帶領二百人，趕到山中，抓住諸葛亮就殺，回來請功。”

二人來到山中，只看見一百二十個守台軍士，卻沒有諸葛亮。一問，才知道諸葛亮到江邊去了。二人又追到江邊，軍士報告説：“昨晚一隻小船，停在前邊。剛才諸葛亮坐上那船走了。”

二人趕緊坐船去追。看見小船離得不遠，就大喊：“諸葛亮別走，都督請你回去有事商量。”只見諸葛亮站在船尾，大笑着説：“我早就料到周瑜會來害我，所以預先叫劉備派人來接。

火燒赤壁

你們回去告訴周瑜，叫他好好打仗，我先回去了，以後有機會再見。”二人並不說話，只是緊追。眼看着追上了，可是諸葛亮的船上射來一箭，把拉帆的繩子射斷了，這船就慢了下來。諸葛亮的小船卻拉起帆，像箭一樣走遠了。二人追不上，只好回去。

這一天，曹操正在和周圍的人談話，説起黃蓋，不知他最近為甚麼沒有消息。忽然有人報告：黃蓋叫人秘密送來一封信。信中寫道：“周瑜防守很嚴，所以沒有機會來投降。最近周瑜派我去運糧，今夜十二點，看見船上插着黑旗的，就是我駕着運糧船來投降了。”曹操看了大喜，就坐在大船上等着黃蓋來降。當時東南風已經颳起來了。

黃蓋帶着二十條引火船，一路順風，向赤壁前進。曹操遠遠看見插着黑旗的二十條船，越來越近，就大笑着説：“黃蓋真的來投降了。這真是老天爺也幫助我啊！”忽然，有個謀士對曹操説：“這二十條船有問題，先別讓它靠近水寨。”

“你怎麼知道有問題？”曹操問。

“黃蓋説駕運糧船來投降，船中如果有糧，一定很沉重，可是你看，這二十條船輕輕飄在水上，今夜又是東南風，如果他來放火，我們可就完了。”

曹操猛然醒悟過來，立刻派人去阻攔黃蓋，去的人被黃蓋一刀砍進水裏。這時引火船上的軍士都跳上了小船。二十條大船一齊點着了火。當時東南風颳得正猛，這二十條船，帶着衝天大火，一起撞進曹操水寨。曹操的船都被鐵環連着，一條也跑不了，全燒着了。只見赤壁一帶，長江水上，一片通紅。江東的戰船，又一齊殺了過來，曹操大敗。八十三萬軍隊，最後只帶着二十七人逃回了北方。

趣味重溫（1）

一、你明白嗎？

1. 選擇：

   《三國演義》是（a. 文學 / b. 歷史），《三國志》是（a. 小説 / b. 正史），

   《三國演義》比《三國志》（a. 早 / b. 晚）

2. 選擇：

   王允用（a. 離間計 b. 美人計 c. 苦肉計 d. 調虎離山計）使呂布殺了董卓？

3. 選擇：

   劉備三顧茅廬請諸葛亮，求賢若渴：一顧茅廬時，諸葛亮（   ），劉備留下口信；二顧茅廬，諸葛亮（   ），劉備留下書信；三顧茅廬，諸葛亮（   ），劉備站着等了兩個多小時。

   a. 睡午覺

   b. 出門了

   c. 不在家

   d. 在下棋

二、想深一層

1. 將曹操殺害呂伯奢一家，所反映的曹操性格，填在橫線上。

   a. 曹操："呂伯奢不是我父親的親兄弟，我們剛到，他就去打酒，很是可疑。"遂與陳宮走到後院，聽到有人講捆綁起來殺的話就對陳宮説"好啊，原來是殺我們。"他與陳宮拔出劍來一口氣殺了八個人，搜到廚房看到一頭豬綁在灶前，才明白是殺錯了。

   性格 ＿＿＿＿＿＿＿

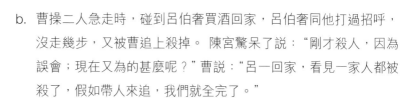

b. 曹操二人急走時，碰到呂伯奢買酒回家，呂伯奢同他打過招呼，沒走幾步，又被曹追上殺掉。陳宮驚呆了說："剛才殺人，因為誤會；現在又為的甚麼呢？"曹說："呂一回家，看見一家人都被殺了，假如帶人來追，我們就全完了。"

性格 _____

c. 陳宮說："明明知道呂伯奢是好人，卻故意殺掉，這是最大的不仁義啊！"曹說："寧肯讓我對不起天下人，決不能讓天下的人對不起我。"陳宮沉默了。

性格 _____

2. 《三國演義》的情節，發展出不少成語、俗語。如周瑜定計火攻曹操的故事演化出"萬事俱備，只欠東風"。請再舉出一個例子。（提示：劉關張關係，關羽戰功，周瑜與諸葛亮，周瑜與黃蓋等等。）

3. 請寫出以下歇後語的下半句：
   a. 周瑜打黃蓋 —— _____
   b. 蜀中無大將 —— _____
   c. 劉備借荊州 —— _____

三、延伸思考

在火燒赤壁故事中，諸葛亮曾跟魯肅說，"要想指揮打仗，不懂天文，不懂地理，怎麼行呢？"諸葛亮之所以能"借東風"去火燒曹操，依靠的是天文地理的知識。除了能用來打仗之外，懂得天文地理還有甚麼用處？

十三　曹操敗走華容道

　　曹操帶領八十三萬人馬，從北方來到長江一帶，攻打劉備和孫權。孫、劉的力量雖然很小，但他們堅決不投降，聯合起來，抵抗曹操。諸葛亮代表劉備，來到東吳，和周瑜一起，發動了著名的赤壁之戰。

　　這天夜裏，正當周瑜帶領水軍在赤壁與曹軍大戰的時候，諸葛亮已從東吳回到劉備那裏。劉備見了諸葛亮非常高興。諸葛亮説：“現在沒有時間談分別以後的情況。今晚曹操必然失敗，我們要趁他敗走的機會，多消滅他一些人馬。以前讓你準備的軍隊、戰船，不知準備好了沒有？”

　　劉備説：“早就準備好了，只等先生使用。”

　　諸葛亮立刻把眾將召集到一起，首先對趙雲説：“你可帶領三千人馬，渡過長江，到烏林這個地方，找樹林蘆葦最多之處埋伏起來。今天夜裏兩點多鐘，曹操一定從那裏過。等他的軍隊過去一半，你從中間放火，雖然不能把他們全燒死，至少也能消滅他一半。”趙雲接受命令以後，立刻出發了。

　　諸葛亮又對張飛説：“你也帶領三千人馬渡過長江，到葫蘆谷埋伏，明天下過一陣雨後，曹操必然來到這裏休息吃飯。你一看見升起炊煙，就在山邊放火。雖然不一定捉到曹操，但你的功勞也不小了。”張飛接受命令之後，也立刻出

發了。

諸葛亮又對其他軍官一一做了安排。大家都走了。他回過頭來對劉備説：“咱們登上高山，等候各位將軍勝利的消息吧。”

關羽一直站在旁邊，諸葛亮卻沒給他分配任何任務。他忍耐不住，大聲問：

“我跟着哥哥打仗這麼多年，從來沒有落後過。現在要和曹操這樣強的敵人打仗，軍師卻不用我，這是甚麼意思？”

諸葛亮笑着説：“你不要生氣，我本來想派你到一個最重要的地方去，可是又不敢派。”

關羽説：“為甚麼不敢派，我倒想聽聽。”

諸葛亮説：“過去你在曹操那裏，他對你非常好，你當然想報答他的恩情。現在他打了敗仗，肯定會從華容道這條路逃走，如果派你去把守這條路，你想起他對你的好處，肯定放他過去。因此我不敢派。”

關羽説：“軍師怎麼這樣不相信人？過去曹操的確對我不錯，但是我已經替他殺死了顏良、文醜兩員敵軍上將，報答了他。今天再碰見，怎能放他過去？”

諸葛亮説：“如果你放了他，怎麼辦？”

關羽説：“那你就按照軍法處分我好了。”

“好，那你就立下軍令狀吧。”

關羽馬上寫好了，他又反問諸葛亮：

“如果曹操不從華容道經過怎麼辦？”

諸葛亮説：“我也立下軍令狀。”關羽滿意了。諸葛亮又説：

“你可在華容道旁邊的山上，堆一些柴草，放起火來，引誘曹操走這條路。”

關羽説：“曹操看見煙火，知道埋伏着軍隊，還會從那裏走嗎？"

諸葛亮笑着説："打仗用計策都是有真有假。曹操很會打仗，只有這個辦法才能騙過他：他見這條路上有煙火，一定認為這是故意嚇他。他這樣一想，必然會從這條路走。"關羽接受了命令，帶領一支軍隊，也出發了。

關羽走後，劉備對諸葛亮説："我弟弟最重義氣，如果曹操從華容道走，只怕關羽真會把他放了。"

諸葛亮説："曹操現在還不該死，留着這個人情叫關羽做了，不是一件很好的事嗎？"劉備聽了笑着説："你的神機妙算，真了不起啊！"

這時，周瑜正和曹兵在赤壁作戰，只見滿江大火，曹操的戰船都被燒了。曹操只帶着一百多人逃了出來。逃跑的路上又不斷遇見周瑜的軍隊，被打得十分狼狽。後來，意外地碰到一支三千人的曹軍，曹操才安下心來。凌晨三點左右，他們一起逃到了烏林。曹操見這裏樹木蘆葦很多，就仰着臉大笑起來。周圍的人十分奇怪地問：

"丞相為甚麼大笑？"

曹操説："我不笑別人，只笑周瑜沒本事，諸葛亮沒才能。如果是我指揮軍隊，就在這裏埋伏下一支隊伍……"

話沒説完，忽然兩邊鼓聲震天，一片大火，嚇得曹操幾乎摔下馬來。只見從旁殺出一支軍隊，衝在最前面的一位年輕將軍大聲喊："大將軍趙雲，在這裏等候半天了！"曹操急忙留下一些人馬抵抗趙雲，自己冒着大火，逃走了。

這時天有些亮了，忽然下了一陣大雨。曹操一夥人的衣服全部濕透，又冷又餓，勉強來到葫蘆谷，再也走不動了。曹操只好下命令休息。不少人把濕衣服脱下來，掛在樹枝上曬。又有人去村裏搶了些糧食，就在山邊點火做飯。一股股的炊煙飄上天空。曹操坐在大樹底下，又仰着臉大笑起來。

大家問：“剛才丞相笑周瑜、諸葛亮沒本事，惹出趙雲來，殺了我們許多人。現在為甚麼又笑？”

曹操說：“我還是笑周瑜、諸葛亮沒本事。如果我指揮軍隊，就在這個地方，也埋伏一支隊伍。這樣，我們就是死不了，也得受傷。他們沒有看到這一點，所以我笑他們。”

正說着，忽然四面喊聲震天，周圍早已着起大火。曹操大吃一驚，急忙上馬。葫蘆谷口，一支軍隊擋住道路，張飛騎着馬站在最前面，他大喊一聲：

“曹操，看你往哪裏跑！”軍士們都嚇壞了。幾員大將來抵抗，曹操趁機逃了過去。跑了一會兒，回頭看看，發現將士們大部分都受了傷。

這時忽然有人報告：“前面有兩條路，不知走哪一條？”

曹操問：“哪條路去南郡最近？”

軍士回答：“大路好走，卻遠五十里；小路經過華容道，近五十里。只是那裏道路很窄，比較危險難走。”曹操聽了，叫人去山上觀察一下。那人回來報告：

“華容道那邊升起幾處煙火，大路上比較安靜。”

曹操毫不猶豫地說：“咱們走華容道這條小路。”

大家聽了不明白地問：“有煙火的地方，一定埋伏着軍隊，為甚麼我們反而要走那裏？”

曹操說：“你們難道不知打仗用計總是真中有假，假中有真嗎？諸葛亮經常用計使人上當，他是故意在近路點火，使我們不敢從那裏走，他卻在大路上埋伏好軍隊，等着我們。這次，我偏不上他的當。”

大家聽了，都佩服地說：“丞相的才能，真沒人比得上。”於是曹操帶着人馬，向華容道走去。這時官兵們都又累又餓，互相攙扶着，吃力地往前走。

曹操見前邊的人馬停住不動，就問甚麼原因。有人報告説:"前面路很窄,剛下過雨,地下都是泥,馬蹄都陷進泥裏,不能前進。"曹操聽了,生氣地大罵:"軍隊見山就要開路,見河就要搭橋。哪裏有因為地上有泥就不能前進的道理!"立刻傳下命令,叫受傷的軍士跟在後面慢慢走;強壯的挑土,把道路填平。不聽命令的就殺。這時軍士們都一點力氣也沒有了,不少人躺在地上動不了。曹操就叫人馬踏着這些人的身體走過去,路上到處是悲慘的哭叫聲。過了這個狹窄的地方,就到了華容道。他還是一個勁催大家快走。有人説:"連馬都走不動了,還是歇一會兒吧。"曹操説:"不行,到了南郡再歇!"

走了幾里地,曹操忽然揚起馬鞭,又大笑起來。大家問:"丞相為甚麼又笑?"

曹操説:"人們都説周瑜、諸葛亮有才能,在我看來,並不是這樣。如果他們在這個地方埋伏一支軍隊,我們只好被活捉了。"

話還沒説完,忽聽一聲炮響,一支軍隊擋住了去路,為首的是大將關羽。曹軍見了,把魂都嚇飛了,曹操説:"既然已來到這裏,只好拚命。"

大家説:"就是我們人還能打,馬也不行了。怎麼交戰?"

有個謀士對曹操説:"聽説關羽這個人,對於強者從來不怕,對於弱者卻很仁慈,還非常重義氣,對那些於他有恩的人,決不會忘記。你過去對他的恩德很深,現在你親自去求求他,也許他能放我們走。"

曹操聽了他的話,就來到關羽面前,向他行禮説:"將軍一直很好吧!"

關羽也在馬上行禮説:"我接受了軍師的命令,已經在這裏等你很長時間了。"

曹操説:"我打了敗仗,到這裏已經無路可走,希望你能以我們過去的友情為重。"

關羽說：“過去你的確對我有恩，但是我已經為你殺死了顏良、文醜兩員敵軍上將，報答你了。現在，我怎麼能因為私人友情，違背軍師的命令呢？”

曹操說：“在你困難的時候，我是怎樣待你的，你還記得嗎？你讀過許多書，難道不記得歷史上那些以友情為重的英雄嗎？”

關羽聽了他的話，想起當初他對自己的許多好處，怎能不動心？又見曹軍一個個嚇得眼淚直流的可憐樣子，心中更加不忍。於是掉轉馬頭，對身後的軍士說：“把隊伍散開！”

這當然是放走曹操的意思。趁此機會，曹操急忙帶着人馬衝了過去。這時，關羽突然大喊一聲，嚇得曹軍一齊跪在地上。是放還是不放？關羽心中正在猶豫，只見曹操的大將張遼，又從後面趕來。關羽見了，不由得想起當初在曹操那裏時，與他的友情，於是長歎一聲，連他也放過去了。

曹操過了華容道以後，跟着的人只剩下二十七個了。他帶着這些人來到了南郡。守城的將軍為他舉行了宴會，謀士們都坐在周圍。曹操忽然大哭起來。那些謀士一邊勸，一邊不解地問：

“丞相在最危險的時候，一點都不害怕。現在來到自己的城中，正可以帶領軍隊，再去報仇，怎麼反倒哭起來了？”

曹操說：“我是哭我那個死了的謀士郭奉孝啊！如果他活着，我決不會敗得這樣慘。”他捶打着胸膛大哭着說：

“真讓我傷心啊，奉孝！真讓我悲痛啊，奉孝！真讓人可惜呀，奉孝！”謀士們聽了，都慚愧得說不出一句話。

關羽放走了曹操以後，帶着軍隊回去見諸葛亮。這時，被派出去的各位將軍，都已帶着戰利品勝利歸來，只有關羽甚麼也沒得到，連個俘虜都沒有。

關羽到的時候，諸葛亮正開慶功會，見他回來，立刻站起來手拿酒杯，向他祝賀：

"我很高興將軍立下這麼大的功勞，為天下人除了大害，真應該為你慶賀。"

關羽聽了，一句話也不講。

諸葛亮又說："難道將軍是因為我沒有出去迎接，感到不高興嗎？"馬上斥責左右的人："關將軍回來，你們為甚麼不早點向我報告？"

關羽說："我是來向你請罪的。"

諸葛亮問："難道曹操沒有走華容道這條路？"

關羽說："他是從那條路上走的，是我沒有本事，所以沒捉住他。"

諸葛亮又問："那你捉了其他的曹軍將士沒有？"

關羽說："一個也沒捉到。"

諸葛亮說："這是你想起曹操的恩情，故意把他放了。但是你既然立下了軍令狀，我也就不得不按軍法辦事了。"立刻命令軍士把他捆起來，推出去殺掉。

劉備連忙勸道："我和關羽、張飛三人，自從在桃園結成兄弟，發誓要同生共死。現在我二弟犯了軍法，希望軍師原諒他一次，暫時給他記下來，讓他將來立功贖罪。不知軍師答應不答應。"

諸葛亮故意想了想說："好吧，看在主公的面上，就這麼辦吧。"這才把關羽放了。

十四　一氣周瑜

　　赤壁之戰失敗以後，曹操要從南郡回許昌。留下大將曹仁守衛南郡。臨走的時候，曹操囑咐他說：“我現在暫時回許昌，準備好軍隊，再來報仇。你可小心守衛南郡。我有一條計策，裝在這個信封裏，你在最危急的時候，可以打開來看。照着我的計策去做，南郡就丟不了。”

　　當時周瑜正在慰勞軍隊，準備乘勝佔領南郡。忽然有人報告說：“劉備派人來向都督祝賀。”

　　周瑜把使者請進來，使者獻上禮物。周瑜問：“現在劉備在甚麼地方？”

　　使者回答：“他帶着軍隊已經到了油江口。”

　　周瑜吃了一驚，連忙問：“諸葛亮也在那裏嗎？”

　　使者說：“也在那裏。”

　　周瑜馬上說：“我把禮物收下，你先回去。過幾天我要親自去向劉備道謝。”

　　使者走了以後，魯肅問他：“都督剛才為甚麼吃驚？”

　　周瑜說：“劉備帶着軍隊駐在油江口，必然有奪取南郡的意思。我們費了很多人馬，用了許多錢糧才打敗了曹操。現在南郡很容易就可以到手了，劉備、諸葛亮卻不懷好心，想撈現成的，要知道我周瑜還沒死哪！”

　　魯肅說：“有甚麼辦法不讓他們佔南郡呢？”

　　周瑜說：“我親自去和他們談。如果他們態度好，那當然很好。如果不好，不等他去佔領南郡，我就先把劉備殺了。”

　　魯肅說：“我願和你一塊兒去。”於是周瑜和魯肅帶領三千騎兵，來到油江口。

使者回去見到劉備，說周瑜收下了禮物，並要親自來謝。劉備問諸葛亮：

"周瑜這是甚麼意思？"

諸葛亮笑着說："哪裏是為了那點禮物？他肯定是為南郡來的。"

劉備說："如果他帶着軍隊來，我們怎麼辦？"

諸葛亮說："他來以後，你可以這樣對付他。"然後就講了自己的辦法。

劉備聽了以後，按照諸葛亮的意見，首先把戰船在油江口水面上擺開，讓軍隊整齊地站在岸上。

這時，有人報告："周瑜和魯肅帶着軍隊來到。"諸葛亮馬上派趙雲去迎接。

周瑜來到油江口，看見劉備的軍隊這樣威武雄壯，心裏很不安。劉備舉行宴會，招待他們。宴會上，周瑜突然問劉備：

"你把軍隊轉移到油江口來，是不是有奪取南郡的意思呀？"

劉備說："我聽說你要攻打南郡，是特地來幫忙的。如果你不想去了，我當然要去打。"

周瑜笑着說："我們東吳早就想把長江一帶全部佔領。現在南郡已在手中，怎麼會不要？"

劉備說："你去攻打南郡，是勝是敗，現在還很難預料。曹操讓曹仁守衛那個地方，臨走的時候，一定給他留下了守衛的計策。同時，曹仁又非常勇猛，我怕你不能佔領這個城市。"

周瑜說："我如果佔領不了，那時候任憑你去攻打。"

劉備馬上說："你說的話魯肅、諸葛亮都聽見了，他們可以當證人，你可別後悔。"

魯肅猶猶豫豫地沒說甚麼，周瑜卻十分肯定地說：「男子漢大丈夫，說了話就算數，有甚麼可後悔的？」

諸葛亮連忙說：「周都督的話很公平。先讓東吳去打，如果打不下來，主公再去，這有甚麼不可以呢？」

周瑜和魯肅走了以後，劉備問諸葛亮：「剛才你叫我這樣回答，我雖然按照你的意思說了，但仔細想一想，卻覺得沒有道理。我現在連一座城市也沒有，本來想得到南郡安身。如果先叫周瑜去打，這座城市一定是他的了，我們怎麼辦？」

諸葛亮笑着說：「你不要發愁，過不了幾天，我一定讓你舒舒服服地坐在南郡城中。」

周瑜和魯肅回來以後，魯肅也不明白地問：「你為甚麼答應劉備攻打南郡？」

周瑜說：「南郡已在咱們手裏，答應他不過是送個人情。」於是馬上派人去攻打南郡。

沒想到第一仗就被曹仁打敗了。周瑜很生氣，想親自和曹仁決戰。有人給他出主意說：

「南郡旁邊有個城市彝陵，我們一打南郡，彝陵的人馬就會去支援，所以難打。如果先把彝陵攻下來，再打南郡就容易了。」

周瑜聽了他的話，先把彝陵攻下來了。曹仁來支援，又被周瑜打敗了。他回到南郡城裏，心中非常煩悶。

有人提醒他說：「現在丟了彝陵，情況已經非常危險。曹丞相臨走時，給你留下了一條計策，為甚麼不打開看一看？」

曹仁馬上看了，心中有了底。立刻按照曹操的計策，下令叫軍士們趕快吃飯。天剛亮，他就帶着軍隊離開了南郡。

當時周瑜正在南郡城外，遠遠看見曹仁帶着軍隊出了城，而且軍士們都背着行李，又見城牆上無人守衛，就認為曹仁要從南郡撤退了。於是親自帶着軍隊，來跟曹仁交戰。很快，曹仁就被打敗了。周瑜一直追到南郡城下，曹仁並不進城，帶着軍隊向西北方向逃去。周瑜見城門開着，城牆上又沒一個士兵，就帶着人馬衝進城去。剛進城門，只聽一聲炮響，從城牆上射來無數支箭。爭先衝在前面的軍士，都掉進陷阱裏。周瑜急忙轉身往回跑，不料胸部中了一箭，掉下馬來。埋伏在南郡城裏的曹軍，正要捉他，東吳的兩個將軍拚命衝過來，把他救走了。這時曹仁又帶着軍隊打回來，東吳的軍隊被夾在中間，死傷無數，大敗而回。曹仁勝利地回到南郡城中，歡喜地說："丞相的計策真高明啊！"

周瑜回到營寨以後，醫生馬上給他看了箭傷，說："這箭上有毒，傷口不能很快好。特別是不能生氣，如果生氣，傷口就會重新裂開。"

曹仁知道周瑜受了傷，不能打仗，就天天派人到周瑜的營寨前面叫罵，大聲喊着要活捉周瑜。人們怕周瑜生氣，都不敢讓他知道，只好關上營寨的大門。

周瑜的箭傷雖然很痛，但他頭腦仍很清醒。他知道曹軍天天來挑戰，只是不見有人來向他報告，覺得很奇怪。這一天，曹仁親自帶兵來了，在營寨外面擂鼓吶喊。周瑜問左右的人：

"這聲音是從哪兒來的？"

左右的人回答："這是軍士在練習打仗。"

周瑜生氣地說："你們為甚麼騙我？"

大家連忙說："因為你有病，醫生說你不能生氣，所以曹軍來叫罵，不敢讓你知道。"

周瑜一下子從床上跳起來說：

"我是東吳的將軍，如果能為東吳的利益死在戰場上，這是我的光榮！你們怎麼可以因為我一人有病，就把國家利益都不管了呢？"說完，穿上盔甲，騎上戰馬，帶着軍隊，出了營寨。

只見曹仁正在舉着馬鞭大罵："周瑜這小子已經死了吧！你們還敢和我們打嗎？"

沒等他罵完，周瑜突然從軍隊裏衝了出來，大聲說："曹仁，你這無用的東西，看見我周瑜了嗎？"曹軍一見周瑜，都又驚又怕。曹仁回過頭對軍士們說："你們別怕，只管大聲罵他！"軍士們就高聲大罵起來。

周瑜氣極了，還沒來得及交戰，忽然大叫一聲，嘴裏吐出鮮血，摔倒馬下。東吳的軍隊趕緊救起周瑜，退回營寨。

回來以後，大家都為周瑜的身體擔憂。周瑜卻偷偷地對他們說："我其實沒有病，剛才吐血是假裝的。用這樣的辦法，曹軍會認為我病得很厲害。我們再派軍士到曹仁那裏去假裝投降，告訴他們我已經死了。這樣，曹仁今夜一定會趁機來攻打我們的營寨。我們事先在營寨周圍埋伏好，一下子就可以把曹仁捉住。"大家聽了，都高興地說："這條計策，真是高明！"於是就在營寨裏奏起哀樂，傳出周瑜已死的消息。軍士們立刻都掛了孝。

曹仁回到南郡以後，得意地跟周圍的人說："周瑜今天被氣得吐了血，再加上箭傷，我看他活不成了。"正說着，忽然有人報告："東吳有十幾個軍士來投降，說周瑜已經死了。"曹仁一聽大喜，決定這天夜裏趁亂去攻打東吳的營寨，奪取周瑜的屍體，好送到曹操那裏請功。

夜裏，曹仁親自帶着大隊人馬，來到東吳營寨門前。一看，裏面一個人也沒有。曹仁突然明白中了周瑜的計策，剛要退兵，埋伏好的吳軍一齊衝了出來，把曹仁的軍隊緊緊圍住，一直打到天亮。曹仁好容易衝出了包圍，本想回南郡，不料一路上都是周瑜埋伏的軍隊，只好改變主意，向別處逃去。

周瑜打敗了曹仁，趕緊帶着軍隊來到南郡城下，看到城牆上站滿了守衛的軍士，有個將軍站在城頭，大聲對他說：

"請周都督原諒，我趙雲按照軍師的命令，已經佔領了南郡。"

周瑜一聽可氣壞了，立刻命令軍士攻城。城上的箭像雨點一樣射下來。周瑜見一下子攻不下來，就派出兩支軍隊，趕快去奪取另外的兩個重要城市——荊州和襄陽，然後再集中力量攻南郡。

不久，去攻打荊州的軍隊，派人回來報告：

"諸葛亮得了南郡以後，讓人從南郡趕到荊州，謊說曹仁調荊州的軍隊去支援。趁城裏曹軍出動支援的機會，讓張飛把荊州佔了。"

沒過一會兒，去攻打襄陽的軍隊也派人回來報告：

"諸葛亮派人拿着兵符到了襄陽，詐稱曹仁求救。等救兵一離開，關羽就佔了襄陽。"

周瑜問："諸葛亮怎麼得的兵符？"

左右的人說："荊州和襄陽都屬曹仁領導，兵符自然都在南郡。諸葛亮先佔了南郡，當然也就會拿到兵符。"

周瑜聽了，氣得大叫一聲，箭傷裂開，暈了過去。這就是諸葛亮一氣周瑜。

十五　二氣周瑜

　　赤壁之戰以後，諸葛亮用計佔了荊州，把周瑜差點氣死，他時時刻刻都在想着怎樣把荊州奪回來。

　　一天有人報告："劉備的妻子甘夫人死了。"周瑜聽了，高興地對魯肅説："這真是個好機會。現在活捉劉備、奪取荊州，簡直太容易了。"

　　魯肅問："你有甚麼好辦法？"

　　周瑜説："劉備死了妻子，一定會再娶一個。主公孫權有個妹妹，非常有本事。我現在給孫權寫封信，叫他派人到荊州去説媒，就説願意把妹妹嫁給劉備，讓劉備到東吳來娶。等把劉備騙到東吳，我們就把他抓起來，叫諸葛亮拿荊州換劉備。這樣，劉備是妻子得不到，荊州也歸了我們，這不是一個好辦法嗎？"

　　當時孫權正在南徐，周瑜寫好信，就叫魯肅送去。孫權看了信，心裏十分高興，馬上叫呂範當媒人，到荊州去見劉備。

　　劉備死了妻子以後，十分悲傷。這天正和諸葛亮閒談，忽然有人報告説："東吳的呂範來了。"諸葛亮聽了，笑着説："呂範一定是為荊州來的，這又是周瑜的計策。我看，不管他説甚麼，你都先答應下來。然後讓他去休息，我們再商量怎樣對付。"

　　劉備把呂範請進來以後，説："先生來，一定有甚麼指教吧。"

　　呂範説："聽説你失去了妻子，我是

特地來説媒的。不知你的意思怎麼樣？"

"中年人死了妻子，這是最大的不幸。但她剛死不久，我怎麼忍心談結婚的事？"

呂範説："男人沒有妻子，就像屋子沒有樑柱一樣。我的主人孫權有個妹妹，又美麗又賢惠，做你的妻子再合適也沒有了。如果我們兩家關係搞好了，曹操就再也不敢來侵犯我們。這件事對國家對你自己都有好處。請你不要疑心。只是孫權的母親吳國太最愛這個小女兒，不肯讓她嫁到很遠的地方去。所以，你只能到我們東吳去結婚。"

"孫權知道這件事嗎？"

"孫權不同意，我怎麼敢來説媒呢？"

劉備説："我已經四五十歲，頭髮都白了，孫權的妹妹，正是年輕漂亮的時候，恐怕我們結婚不太合適吧。"

呂範説："孫權的妹妹雖是女子，但比男子還有志氣。常説：'如果不是天下英雄，我決不嫁給他。'現在天下的人都知道你是個英雄，你們兩個人結婚是再合適也沒有了，年歲大點，又有甚麼關係？"

劉備説："你先在我們這裏住下，這事明天再商量吧。"於是舉行宴會招待呂範。晚上，諸葛亮對劉備説："呂範來這裏的意思，我已經完全清楚了。你可以答應他。先叫他回去和孫權決定結婚的日子，然後你就可以去了。"

劉備説："這是周瑜想殺害我的計策，我怎麼能輕易到那危險的地方去呢？"

諸葛亮大笑着説："周瑜雖然能用計，但怎麼能騙過我？我只用個小手段，就能使他一點辦法也沒有，不但讓孫權的妹妹給你當妻子，而且荊州也仍然是我們的。"

劉備聽了諸葛亮的話，還是有點懷疑，下不了決心。諸葛亮就替他答應下來，派人送呂範回東吳。幾天以後，孫權派人來說:"東吳已經準備好了,只等劉備去結婚了。"劉備還是不敢去。諸葛亮說:"我已經定下了三條計策,可以讓趙雲保護你去。"於是把趙雲叫來,小聲囑咐他說:"這次保護主公去東吳,可以帶着這三條計策,只要你按照我的計策辦事,主公就絕不會有危險。"諸葛亮把寫好的計策分別裝在三個錦囊裏,交給趙雲。

這年十月,劉備和趙雲帶着五百多人,離開荊州,來到南徐。一路上,劉備心中很是不安。到南徐後,趙雲按照諸葛亮的第一條計策,讓跟來的五百軍士都披掛上紅色緞帶,故意在南徐城裏走來走去,到處買結婚用的東西,見人就說,劉備是來和公主結婚的。鬧得南徐城裏沒有一個人不知道這件事。

趙雲又叫劉備帶着許多禮物去拜見東吳的一個大官──喬國老。這個人有兩個女兒,長得非常漂亮,大女兒嫁給了孫權的哥哥,二女兒嫁給了周瑜。見到喬國老以後,劉備十分詳細地講了孫權請他來和公主結婚的事情,並告訴他媒人是呂範。

喬國老知道了這件事以後,馬上到宮裏向吳國太賀喜。國太說:"我哪裏有甚麼喜事啊?"喬國老說:"你把女兒許給劉備做夫人,現在劉備都來了,為甚麼還瞞着我?"國太吃驚地說:"我實在不知道這件事。"於是一面派人去叫孫權,一面讓人在城裏打聽消息。不一會兒,去打聽消息的人回來報告說:"真的是這樣。劉備已經住在賓館裏了。他帶來的五百軍士正在城裏買結婚用的東西。咱們的媒人是呂範。"國太聽了,大吃一驚。

這時,正好孫權來見母親。國太立刻捶胸跺腳地哭了起來。孫權問:"母親為甚麼這樣傷心?"國太說:"你這樣不尊重我,還來問我為甚麼傷心?"孫權不明白地問:"母親有甚麼話就說出來,何必要這樣呢?"國太說:"男大當婚,女大當嫁,從古到今,都是這個道理。我是明白的。但我是你母親,有事就應該跟我商量，你把你妹妹許給劉備，為甚麼一直到現在都瞞着我？你要明白，女兒可是我生的！"孫權吃驚地問："你這是從哪兒知道的？"國太說："要想別人不知道，除非自己不去做。城裏的老百姓，哪一個不知道，你倒還瞞着我！"喬國老也跟着說："連我都早就知道了，今天是特地來賀喜的。"

孫權連忙說："你們都錯了，這是周瑜用的計策，是想用這個辦法，把劉備騙來，然後把他囚禁在這裏，讓諸葛亮拿荊州來換。如果他們不答應，我們就把劉備殺了，哪裏是真的要把妹妹嫁給劉備呢！"國太聽了，更加生氣，大罵周瑜說："他這個有名的大都督，想不出辦法奪取荊州，卻拿着我的女兒來搞美人計！殺了劉備，我女兒就成了望門寡，將來怎麼再嫁人？這不是要耽誤我女兒的一生嗎？這就是你們想的好主意！"喬國老也說："就是用這條計策，把荊州奪回來了，也要被天下人恥笑，這件事做不得呀！"說得孫權無話可答。

● 105

國太氣得不住口地罵周瑜。喬國老勸解說："事情已經到了這種地步，也沒有更好的辦法。劉備是漢朝皇帝的親戚，就是真的把公主嫁給他，也是件好事。"孫權說："他們兩人的年齡相差太大，不合適吧？"喬國老說："劉備是個英雄，如果和他結婚，你妹妹一定很願意。"國太說："我不認得劉備，約他明天在甘露寺見面，如果我看不中，你們怎麼辦都行；如果我看中了，我做主把女兒嫁給他。"孫權是非常孝順的，聽他母親這樣一說，就馬上答應了。

孫權出來後，吩咐呂範："明天在甘露寺準備筵席，國太要見劉備。"呂範說："你可以趁此機會讓賈華帶領三百個軍士，在屋子周圍埋伏好，如果國太看不中，馬上就把劉備抓起來。"孫權同意了，把賈華叫來着他佈置一番。

喬國老回到家裏，馬上派人去告訴劉備說："明天孫權、國太要親自見你，希望你多加小心。"劉備立即找趙雲商議。趙雲說："明天的會見，看來比較危險，我帶領五百軍士保護你。"

第二天，吳國太，喬國老早就在甘露寺等候了。一會兒，孫權帶領着一些官員也來了。孫權叫呂範去賓館請劉備。劉備裏面穿着盔甲，外邊穿着禮服，趙雲全副武裝，帶領五百軍士跟隨着。他們來到甘露寺時，孫權見劉備長得如此威嚴，心中不禁有些敬畏。國太見了劉備，卻非常喜歡，對喬國老說："這真是我的好女婿啊！"喬國老說："看劉備長的樣子，將來一定能當皇帝。國太如果得到這麼一個好女婿，那可真是值得慶賀！"國太聽了更加高興，馬上擺筵席招待劉備。

不一會兒，趙雲帶寶劍進來，站在劉備的身邊。國太問："他是誰？"劉備回答說："我的將軍趙雲。"國太說："就是長坂橋救阿斗的趙雲嗎？"劉備說："對。"國太說："真是一位好將軍！"馬上叫人給趙雲倒酒。趙雲低聲對劉備說："剛才我看見外面埋伏着一些手拿武器的軍士，你應該把這事告訴國太。"劉備聽了，急忙跪在國太跟前哭着說："國太如果要殺我，就請在這裏殺吧。"國太大吃一驚："你怎麼說這樣的話？"劉備說："外面埋伏着那麼多軍士，不是要殺我，又是幹甚麼？"國太非常生氣，責罵孫權說："今天劉備已經成了我的女婿，就是我的兒女了，是誰叫

精選白話三國演義

二氣周瑜

軍士埋伏在外邊的？”孫權推說不知道，故意把呂範叫來問是怎麼一回事，呂範又把責任推到賈華身上。國太把賈華叫來下令殺掉，賈華低着頭不敢說一句話。劉備急忙勸道：“如果殺了大將，對親事沒有好處，還是把他放了吧。”喬國老也來勸解，國太這才消氣，賈華趕緊帶着軍士們，灰溜溜地跑了。

　　這一天，劉備回到賓館，想來想去，決定還是去請喬國老幫忙，早一點和公主結婚，免得再出事。第二天，劉備來到喬國老家，對老人說：“東吳想害我的人很多，恐怕我不能在這裏住得太久了。”喬國老說：“請你放心，我去告訴國太，讓她保護你。”劉備道謝以後，就走了。喬國老馬上來見吳國太，說：“劉備怕別人害他，急着要回去。”國太生氣地說：“我的女婿，誰敢害他！”立刻叫劉備搬進府裏住着，等候一個好日子，讓他和女兒結婚。劉備又對國太說：“我擔心趙雲在外邊住不方便。”國太又讓趙雲和軍士們也搬進府中來，劉備心裏暗自高興。

　　幾天以後，公主和劉備舉行了隆重的婚禮。晚上，劉備走進洞房，見屋裏擺滿了刀槍，連使女身上都帶着寶劍，不禁大吃一驚。僕人連忙解釋說：“你別害怕，我們公主從小就喜歡練武，平時常叫使女們練習擊劍，所以屋子裏擺滿了武器，並沒有其他的意思。”可劉備還是很緊張。公主知道後笑着說：“打了半輩子仗，難道還怕刀槍嗎？”於是讓人把屋子裏的兵器都拿走，又叫使女們也摘下寶劍。劉備這才放心了。結婚以後，兩人的感情非常好，天天在一起飲酒取樂，國太對劉備也十分敬愛。

　　看到這種情況，孫權沒有辦法，只好派人對周瑜說：“在母親的主持下，已把我妹妹嫁給劉備。沒想到弄假成真，這件事以後應該怎麼辦呢？”周瑜聽了大吃一驚，整天坐立不安，想來想去，終於又想出一條計策，馬上給孫權寫了封信，信上説："我想目前最好的方法，就是把劉備留在東吳。然後給他蓋漂亮的宮殿，多送美女和金銀財寶，這樣日子長久了，就使他喪失了志向，並且可以疏遠他和關羽、張飛、諸葛亮等人的感情。在這種情況下我們派兵攻打荊州，也就容易成功了。"

孫權看了周瑜的信，又和其他人商議，大家都説這是好辦法。孫權立刻照周瑜的計策辦了。國太還以為孫權是好心，自然很高興。劉備也果然被這種富貴生活迷住了，一點也不想回荊州。趙雲心裏很煩悶：眼看就要到年底了，主公一字不提回去的事，怎麼辦呢？他猛然想起："臨來的時候，軍師交給我三條計策。叫我到南徐開第一個；住到年終，開第二個；到最危險的時候開第三個。現在已到年終，我為甚麼不拿出軍師的第二條計策看一看呢？"

他立刻拆開第二個錦囊。看了這條計之後，心裏有了底，馬上去見劉備，故作驚慌地説："你住在這漂亮的房子裏，不想念荊州嗎？"劉備説："有甚麼緊急的事情，你這樣慌張？"趙雲説："今天早上，軍師派人來報告説：曹操為了報赤壁之戰的仇，派五十萬精兵攻打荊州，十分危急，請主公馬上回去。"劉備説："我得和夫人商量商量。"趙雲説："你如果和夫人商量，她一定不肯放你回去；不如不説，今天晚上我們就走，晚了就要誤事了。"劉備説："你先回去，我自有辦法。"趙雲又故意催促好幾遍才出去。

劉備見了夫人，暗暗掉淚。夫人説："你為甚麼這樣難過？"劉備説："我這一輩子，到處打仗，既不能好好伺候父母，也不能祭祀祖先，真是個不孝的人。現在馬上就要過年了，所以心裏十分難過。"夫人説："你不要瞞我，我已經知道了。剛才趙雲來説荊州危急，你是不是想回荊州去？"劉備馬上跪在地上説："夫人已經聽見了，我怎麼敢瞞著。我如果不回去，失掉了荊州，就要被天下人恥笑；回去，又捨不得夫人，因此煩惱。"夫人説："我既然已經嫁給你了，你到哪裏，我就跟隨到哪裏。"劉備説："夫人的心雖然這樣，可是國太和孫權怎能答應夫人跟我去呢？夫人如果可憐我，那我們就暫時先分別吧。"説完，眼淚像下雨一樣流下來。孫夫人勸道："請你不要發愁，我一定説服母親，讓母親答應我隨你一同回去。"劉備説："就是國太答應了，孫權也一定會阻攔。"夫人想了很長時間，然後説："新年的時候，我和你去給國太拜年，就説我們一同到江邊去祭祖，然後就偷偷地回荊州，怎麼樣？"劉備又跪下感謝夫人説："如果能這樣，我一輩子也忘不了夫人的好處，但這件事千萬不要讓別人知道。"兩人商議好，劉備又把趙雲叫來吩咐説："新年那天，你先領士兵出城等候，我假説要去祭祀祖先，和夫人一同回去。"

新年到了，劉備和夫人拜見國太時，孫夫人説："我丈夫祖宗的墳墓都在涿縣，他日夜思念。今天想到江邊祭祖，我們特地來告訴母親。"國太説："這是孝順，哪有不答應的道理？你也應該跟你丈夫一起去才對。"兩人拜謝了國太，馬上就出發了。

夫人坐着車子，劉備騎着馬，一起出了城。和趙雲會合後，很快離開了南徐，緊張地趕路。這件事一直瞞着孫權。新年這天，孫權喝得大醉，等到有人探聽到劉備和夫人已經逃走的事時，已經很晚了。他們想報告給孫權，但孫權卻醉着不醒。等到他醒來，已是第二天天快亮的時候了。孫權聽説劉備逃走了，急忙把文武官員請來商議，有人説："今天叫劉備逃走，將來一定會造成大禍，應該馬上把他抓回來。"孫權立刻派出兩員大將，帶領五百軍士，不分白天黑夜去追趕，並命令他們一定要把劉備捉回來。他恨極了劉備，氣得把桌子上的玉硯台摔得粉碎。一個大官提醒他説："你白發這麼大的脾氣，有甚麼用呢？我估計那兩個人一定不能把劉備捉回來。"孫權説：

"他們怎麼敢違背我的命令！"那個大官說："公主從小喜歡練武，很有本領，而且性格剛強，各位將軍都有些怕她。現在她既然願意和劉備一起走，態度一定是堅決的。去追他們的將領，如果看見公主，怎麼敢下手捉劉備呢？"孫權聽了，更加生氣，立刻抽出自己隨身帶的寶劍，又叫來兩員大將，命令他們："你們拿着我這口寶劍，去取我妹妹和劉備的頭來！"這兩人帶上一千軍士，也立刻出發了。

劉備和趙雲正在飛快地趕路，馬上就要到周瑜的駐地柴桑了，忽聽有人報告："追兵趕來了！"劉備慌忙問趙雲："追兵來了，怎麼辦？"趙雲說："主公先頭裏走，我在後面阻攔。"劉備等人剛剛轉過一個山腳，忽見前面又有一支軍隊攔住去路，騎馬的兩員大將，高聲喊着："劉備快快下馬！我們領了周都督的命令，早就在這裏等你了！"原來周瑜怕劉備逃跑，早已埋伏了人馬。劉備一看這種情況，更加驚慌，急忙回馬問趙雲："前面有阻攔的隊伍，後面又有追兵，我們怎麼辦呢？"趙雲說："主公不要驚慌，臨來時，軍師給了我三條妙計，已經用了兩條，都應驗了。軍師吩咐，遇到危險的時候才可拆開第三條，現在我想是時候了。"於是把第三條計策遞給劉備。

劉備看了，急忙來到夫人車前，流着眼淚說："劉備有心裏話，現在應該如實地告訴夫人。"夫人說："你有甚麼話，就說吧。"劉備說："孫權和周瑜共同商定把夫人嫁給我，他們根本不是為夫人着想，而是想利用夫人，把我騙到東吳，囚禁起來，然後奪取荊州。奪了荊州，再把我殺掉。我不怕死來到東吳，是因為敬佩夫人的品德。日前打聽到孫權將要害我，就推說荊州有危險，實際想逃回去。幸虧夫人同情我，願和我一同回荊州。現在走到這裏，孫權派人從後面追來，周瑜又派人在前邊阻攔，只有夫人才能使我免除危險。夫人如果不出面，我願死在車前，來報答夫人的恩德。"夫人聽了，氣憤地說："我哥哥既然不把我看作親骨肉，我和他見面還有甚麼意思？今天的危難，我來對付。"

於是，叫僕人把車子推到前邊，捲起車上的簾子，對周瑜派來的兩員大將，大聲斥責說："你二人想造反嗎？"兩員大將慌忙下馬，丟掉兵器，站在車前回答："不敢造反，是周都督派我們在這裏阻攔劉備的。"孫夫人氣得大罵："周瑜這小子，我東吳並沒有虧待過他！劉備是我的丈夫，我已經對我母親和哥哥說了，我們要回荊州去，你們二人卻領兵攔住去路，是不是想來搶我夫妻的財物？"兩員大將口口聲聲說："不敢，不敢，夫人請別生氣。這事與我們沒有關係，是周都督的命令。"孫夫人更氣了："你們只害怕周瑜，難道就不害怕我嗎？周瑜能殺掉你們，難道我就不能殺死周瑜？"把周瑜大罵一頓，命令僕人推車向前。兩員大將暗想："我們都是孫權手下的人，怎麼敢對抗公主？"又見趙雲滿臉怒氣，只好放他們過去。

孫夫人和劉備走出大約五、六里路時，孫權派來的第一批追兵和周瑜派來阻攔的兩員大將相遇了，那兩員大將把剛才的事情說了一遍，追來的人說："你們錯了，我們二人是領了孫權的命令，特地趕來捉他的。"於是四員大將一起帶兵追趕。

劉備聽到後面的追趕聲，急忙對夫人說："追兵又來了，怎麼辦？"夫人說："你先走，我和趙雲留在後面對付他們。"劉備帶三百士兵朝長江岸邊跑去，趙雲騎着馬守在夫人車子旁邊。前來追趕的四員大將見了公主，立刻下馬，恭敬地站立着。夫人問道："你們到這裏來幹甚麼？"四人回答："是孫權和周瑜派我們來的，請夫人和劉備回去。"夫人嚴厲地說："都是你們這些人，離間我們兄妹的關係。我已經嫁給劉備，又不是和他私奔，是我母親叫我和丈夫，一同回荊州去。就是我的哥哥來了，也得講道理。現在你們帶領軍隊來追趕，是不是想殺害我呀？」罵得四人你看看我，我看看你，心裏想：「不管怎麼說，孫權和她也是親兄妹；她和劉備結婚，又是國太的主張，孫權對國太又是那樣孝順，怎麼敢不聽國太的話？明日要翻過臉來，仍然是我們倒霉，不如放他們走。」又見軍中沒有劉備，只有趙雲手拿武器，準備拚命，四員大將只好帶着隊伍向後退去。夫人立刻叫人推車前進。

　　過了一些時候，孫權派出的第二批追兵遇到了往回走的四員大將。他們問：「你們見到劉備了嗎？」四人回答說：「早晨過去的，已經走了半天了。」「你們為甚麼不捉住他？」四人把公主的話說了，追來的人着急地說：「孫權怕發生這樣的事，所以特地把自己的寶劍交給我們，叫先殺死他妹妹，再斬劉備。」四將說：「他們已經走遠了，怎麼辦？」追來的人說：「劉備他們都是步兵，不會走得太遠，趕快派兩個將軍報告周瑜，讓都督找人從水路追趕；我們在岸上追趕，無論水路還是岸上，追上就把他們殺了，不要再聽他們胡說。」於是這些將領分頭行動。

　　劉備，孫夫人這時已來到長江岸邊，正在找船，忽然後面塵土衝天，追兵又到了。劉備歎息說：「現在人困馬乏，追兵又到，非死不可了。」正在無路可走的時候，忽然發現江中有二十多條船划過來了。船靠岸後，趙雲高興地說：「趕快上船，划過對岸，再作別的打算。」劉備和夫人急忙上船，趙雲和五百士兵也都上了船。只見船中走出一個人來大笑着說：「祝賀主公新婚，諸葛亮早就在這裏等你們了。」原來船中扮作客人的，都是荊州水軍。劉備見了，又驚又喜。不一會兒，東吳的將軍趕到。諸葛亮在船上指着他們說：「你們回去告訴周瑜，不要叫他再施美人計了。」等岸上亂箭射來，船已經走遠了。追兵呆立在岸上，一點辦法也沒有。

　　劉備和諸葛亮的船在江中前進，忽聽背後又有殺聲，只見無數戰船追來。原來周瑜親自帶領水軍，前來追趕。眼看就要追上，諸葛亮叫士兵把船划向北岸，大家都上岸騎馬趕路。周瑜追到江邊時，命令士兵上岸繼續追。周瑜的水軍除將軍外都沒有馬，只能步行。追了一段路，忽聽一聲炮響，只見關羽帶着一支軍隊，從山邊殺出來。周瑜十分驚慌，掉轉馬頭往回跑。這時，諸葛亮埋伏的另外兩支隊伍也衝殺過來。周瑜被殺得大敗，逃到岸邊，急忙上船。岸上劉備的士兵齊聲高喊："周郎妙計安天下，賠了夫人又折兵。"周瑜聽到這話，氣得大喊："我要上岸和他們拚命！"

大家急忙阻攔。周瑜心裏想："這次的計策又失敗了，還有甚麼臉去見孫權！"不覺大叫一聲，過去受的箭傷又裂開了，跌倒在船上。將領們急忙救起，周瑜卻早已不省人事了。這就是有名的諸葛亮二氣周瑜。

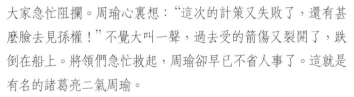

十六　三氣周瑜

　　劉備帶着孫夫人安全回到荊州之後，這天忽然有人報告：東吳魯肅來了。劉備問諸葛亮：“魯肅這次來是為了甚麼？”諸葛亮説：“魯肅來的用意，是討還荊州。”劉備説：“既然是這樣，我們怎麼樣回答他呢？”諸葛亮説：“如果魯肅提起荊州的事，你就放聲大哭。等哭到最悲痛的時候，我就出來解勸。”兩人商量好了以後，立刻把魯肅請進來。

　　劉備請魯肅坐下，魯肅説：“現在你已經做了東吳的女婿，就是我的主人了，我怎麼敢坐。”劉備笑着説：“你和我是好朋友，何必這樣客氣呢？”魯肅坐下説：“我的主人孫權這次派我來，是為了荊州的事情。你借住的時間已經很長了，到現在也沒還。如今你和東吳已經結成了親戚，看在親戚的面上，請早一點歸還荊州。”劉備聽魯肅説到這裏，立刻雙手捂着臉，嗚嗚地哭了起來。魯肅吃驚地問：“你這是怎麼了？”劉備一句話也不説，仍然嗚嗚大哭。

　　這時，諸葛亮從另一間屋子裏走出來，説：“你們二人的談話，我都聽到了。你知道我主人為甚麼哭嗎？”魯肅説：“一點兒也不知道，到底是為了甚麼？”諸葛亮解釋説：“這有甚麼不明白的？當初我主人向東吳借荊州的時候，曾答應取得西川就把荊州還給你們。可是後來仔細一想，西川劉璋是我主人的親戚，同樣是漢朝的骨肉，如果派兵去攻打，恐怕被別人罵；如果不去，那麼還了荊州，我們到哪裏去住呢？要是不還，又對不住東吳，真是為難。這就是我主人大哭的原因。”

　　諸葛亮的這一番話，還真説到劉備心裏去了。他本來是裝哭，現在卻真的捶胸頓腳放聲大哭起來。魯肅被他哭得沒了主意，反倒勸他說：“你也不要太煩惱，跟諸葛亮慢慢商議，看怎麼辦更好。”諸葛亮對魯肅說：“那只好麻煩你，回去見了孫權，把我主人的煩惱，詳詳細細地轉告給他，讓我們再晚些時候歸還荊州。”魯肅說：“假若孫權不答應，那怎麼辦？”諸葛亮說：“孫權既然能把自己的親妹妹嫁給我主人，這點小事能不答應嗎？希望你回去時多多給我們說些好話。”魯肅是個非常寬厚仁慈的人，看見劉備哭得這樣傷心，只好答應了諸葛亮的要求。劉備、諸葛亮非常感激魯肅，為他設宴送行。

　　魯肅回去後，直接到柴桑見周瑜，詳細地說了上面的事情，周瑜聽後，急得跺着腳說：“你中了諸葛亮的計了。他們哪裏是不忍心打劉璋？這完全是為不還荊州找藉口。我有一條計策，一定會使諸葛亮上當，請你再去一趟。”魯肅說：“甚麼妙計？”周瑜說：“你不必去見孫權了，請馬上再到荊州去，對劉備說：“現在孫、劉兩家已經結成親戚，就是一家人了。如果劉備不忍心去奪取西川，我們東吳願派人替他們攻取。取得西川時，當作陪嫁送給他，那時讓他們把荊州還給東吳。”魯肅說：“西川這麼遠，攻取可不容易，都督的這一計策，恐怕不能實現。”周瑜笑着說：“你真是個老實人啊。你想，我能真的去替劉備攻打西川嗎？我只不過以攻取西川為名，實際上去奪荊州，這樣他們就沒有準備。攻取西川，我們的軍隊必須路過荊州，劉備一定會出城慰勞軍隊，那時，我們乘機把他殺了，把荊州奪回來。”魯肅聽了，非常高興，於是又來到荊州。

　　諸葛亮對劉備說：“魯肅一定沒有去見孫權，只到柴桑和周瑜商量了甚麼計策，就想讓我們上當。你聽魯肅說些甚麼，只要看見我點頭，就滿口答應下來。”兩人商量好了，請魯肅進來。劉備和諸葛亮很恭敬地迎接他。魯肅對劉備說：“孫權稱讚你是個很有道德的人，他和眾將領商議，決定派兵去攻打西川。取了西川，作為陪嫁，換回荊州。但軍隊經過這裏的時候，希望你能準備些錢、糧。"諸葛亮聽了，連忙點頭説："你主人的心真好。"劉備也連忙表示感謝，説："這都是你為我們説好話的結果。"諸葛亮接着説："東吳的軍隊一到，我們一定要好好地慰勞將士。"魯肅心裏暗自高興，很快就告辭回東吳了。

魯肅走了以後，劉備問諸葛亮："他們這樣做的用意是甚麼？"諸葛亮大笑起來，説："周瑜死的日子快到了，這樣的計策，連小孩子也瞞不過。"劉備還是不明白。諸葛亮解釋説："他們説替我們去攻打西川，實際上是要來奪取荊州。他們可以趁你出城慰勞士兵的機會，把你捉住，殺進城來。"劉備説："那怎麼辦好呢？"諸葛亮説："你只管放心，準備着迎接勝利。等周瑜來了，就是不氣死他，也讓他離死不遠。"諸葛亮又把趙雲叫來，告訴他怎麼樣做準備。

魯肅回去見到周瑜，説劉備、諸葛亮聽了此事非常高興，並且準備出城慰勞士兵。周瑜得意地大笑着説："原來他們也會中我的計。"於是叫魯肅把這計策告訴孫權。這時，周瑜身上的箭傷已經完全好了，他自己親自指揮，帶領水陸大軍五萬，直向荊州奔來。周瑜在船中，不時高聲歡笑，以為諸葛亮中了自己的計。快到荊州的時候，周瑜問："荊州有人來迎接嗎？"士兵報告説："劉備派人來了。"周瑜請使者進來，問他慰勞軍隊的事準備得怎樣了。使者説："我主人都安排好了。"周瑜説："劉備在哪裏？"使者説："在荊州城門外等候，準備設宴迎接都督。"周瑜説："現在我們是替你們去打仗，慰勞士兵的事情一定要準備得好些。"使者答應一定把話帶到，就先回去了。周瑜帶領戰船，繼續前進。

眼看就要到荊州了，江面上仍然沒有迎接的船隻。周瑜命令戰船走得更快一些。離荊州只有十多里路了，江面上還是靜悄悄的。這時，有人報告：“荊州城上，插着兩面白旗，一個人也沒有。”周瑜心裏非常疑惑，命令船隻靠岸，帶了幾員大將和三千精兵，騎着馬，向荊州城奔來。到了城下，還不見有甚麼動靜。周瑜命令士兵去叫開城門。城上人問是誰，吳兵回答說：“東吳周都督來到城下。”話還沒有說完，只見城上的士兵一齊豎起刀槍，大將趙雲站在城頭上說：“都督為甚麼到這裏來？”周瑜說：“我替你主人攻打西川，難道你不知道？”趙雲說：“我們軍師早已知道這是都督奪取荊州的計策，哪裏是替我們打西川？所以把我留在這裏。”

周瑜聽了，知道中了埋伏，調轉馬頭就走。忽然一士兵跑來報告：“關羽、張飛等四員大將一齊殺來。”只見四路人馬，喊聲震天，齊喊要活捉周瑜。周瑜大叫一聲，箭傷復發，摔倒馬下。左右的人急忙把他救起，送回船上。有人報告：“劉備、諸葛亮正在前面的山頂上飲酒取樂。”周瑜聽了，氣得咬牙切齒。正在這時，諸葛亮派人送來一封信。周瑜打開一看，只見信上寫着：“我自從和你分別，常常想念你。聽說你要去攻打西川，我自認為這沒有好處。西川地勢艱險，國富民強。劉璋雖然糊塗，但是也能夠守住。況且曹操至今仍然不忘赤壁之戰的仇恨，現在你帶領軍隊到很遠的地方去打仗，如果曹操趁此機會進攻，你們吳國就完蛋了。我不忍心袖手旁觀，特地提醒你注意，望多想一想。”

周瑜看完信，長歎一聲，命令左右的人拿來筆墨，給孫權寫信，又把將領們召集到身邊說：“我並不是不願意為國出力，只是活不長了，這有甚麼辦法呢？你們好好地幫助主人，共同完成我們的事業吧。”說完，昏了過去。後來又慢慢地醒來，歎息說：“老天爺啊，老天爺！既然生下我周瑜，何必又生諸葛亮！”連叫幾聲，終於死去。死的時候，只有三十六歲。

十七　諸葛亮弔喪

　　周瑜死後，將領們派人把他寫的遺書飛快地送給孫權。孫權得知周瑜已死，放聲大哭。看了遺書，他悲痛地説："周瑜是個很有前途的將軍，但不幸年紀輕輕就死了，以後我依靠誰呢？他既然推薦魯肅，那就尊重他的意見吧。"於是就讓魯肅代替了周瑜的職務。

　　這時，劉備、諸葛亮在荊州，也已聽説周瑜死了。劉備問諸葛亮："周瑜死後，誰會代替他？"諸葛亮説："接替周瑜職務的人，一定是魯肅。現在，我們和東吳還要和睦相處，所以我想去弔喪。另外，東吳還有些有才幹的人，我想借弔喪的機會，替你邀請他們，幫助你奪取天下。"劉備説："我擔心東吳的將士會對你下毒手。"諸葛亮説："周瑜活着的時候我都不怕，現在他死了，還有甚麼可怕的呢？"於是吩咐趙雲帶着祭奠用的禮品和五百士兵，乘船到東吳弔喪。

　　到了東吳，魯肅出來迎接。周瑜部下的將領都恨透了諸葛亮，想殺死他。但看見趙雲帶着寶劍，威風凜凜地跟在後面，不敢下手。諸葛亮叫人把禮物放在周瑜靈前，親自斟上酒，跪在地上，悲痛地讀着祭文：

　　"公瑾啊公瑾，

　　　不幸早亡。

　　　這雖是老天爺的安排，

　　　　但怎不讓人悲傷！"

　　他一邊讀着，眼淚一邊嘩嘩地往下流。他還頌揚了周瑜的才幹和赤壁之戰的偉大功績，最後痛哭着説：

　　"為你深深地悲痛啊，

真是痛斷肝腸！

因為失去了你呀，

天地都變了樣。

你如果真有靈魂啊，

一定能明白我哀傷的心。

從此世界上啊，

我再也沒有知音！”

　　讀完，他放聲大哭，哭得站不起來，真是悲痛到了極點。將領們看到這種情況，互相議論：“人們都説諸葛亮和都督不和，可是，你看諸葛亮今天哭得多麼痛心，可見平日人們的傳説都是不可信的。”魯肅見諸葛亮那傷心的樣子，也很受感動。心裏暗想：“諸葛亮這麼重友情，都是周瑜的胸懷太狹窄了，自己找死。”

　　祭奠儀式結束後，魯肅設宴為諸葛亮送行。諸葛亮告辭魯肅，剛想上船回荊州，忽然一個穿戴樸素的人，一把抓住他大笑着説：“你氣死了周瑜，又來弔喪，這不是故意欺負東吳嗎？你以為東吳真的沒有高明的人了？”諸葛亮急忙抬頭一看，原來是江東名士龐統。於是拉着他的手，也大笑起來。

　　兩人到了船上，談論着天下大事。最後，諸葛亮寫了一封信留給龐統，並囑咐説：“我猜想孫權一定不會重用你。如果不如意，可帶上這信到荊州來找劉備。劉備寬厚仁慈，一定能發揮你的聰明、才幹。”龐統同意了。兩人分手後，諸葛亮安全地回到荊州。後來龐統果然不被孫權重用，終於投奔了劉備。

十八　張松獻圖

漢寧太守張魯，為了稱王想攻打西川。佔據西川的劉璋，聽到這個消息非常害怕。於是召集手下官員，商量對付的辦法。謀士張松站出來說："主人放心，我願到曹操那裏，說服他來攻打張魯。這樣，張魯就不敢再來進攻我們了。"劉璋聽後，認為是好主意，就準備了許多金銀財寶，叫張松帶着去見曹操。諸葛亮知道這件事以後，立刻派人去曹操那裏打聽消息。

張松到了許昌，等了三、四天，曹操才接見。曹操見張松長得十分難看，因此很看不起他。又見張松不肯恭維自己，甚至揭了自己的短處，心中十分惱怒，想把他殺了。幸虧別人勸阻，張松才沒有被殺。

張松回到住處，收拾東西連夜出城。心裏暗想："劉璋是個糊塗人，我本想投奔曹操，把西川獻給他，沒有想到他這麼看不起人。聽說荊州劉備寬厚仁慈，我經過他那裏回西川，看看這個人到底怎麼樣，再作決定。"於是帶領隨從人員，乘馬向荊州方向走去。

諸葛亮了解到張松在曹操那兒碰了釘子，就和劉備商量了一條收買張松的計策。

張松快到荊州時，看見一位大將，帶領五百名騎兵，迎面走來。看見他，那位大將停住馬，客氣地問："你是張松先生嗎？"張松回答："是。"那位大將急忙翻身下馬說："我是趙雲，奉我主人劉備的命令，在這裏等你很久了。你走了這麼遠的路，一定非常辛苦，因此特地為你準備了酒飯。"說完，讓士兵把酒飯端來，趙雲恭敬地獻上。張松暗想："人們都說劉備待人好，看來真是這樣。"張松吃完飯，和趙雲一同來到荊州邊界。這時，天已黑了。只見關羽帶領一百多人，奏着鼓樂，站在賓館門前恭敬地迎接他。

第二天早飯後，在關羽、趙雲的陪同下，張松騎馬向荊州城裏走去，剛走出三、五里路，就看見劉備、諸葛亮、龐統帶領一支人馬，親自來迎接了。劉備等人遠遠地看見張松，急忙下馬等候，張松也趕緊下馬。互相行禮後，劉備説："早就聽説你的大名了，只恨離得太遠，不能向你請教。聽説你路過這裏，特來迎接。如果你不嫌棄，請到我荊州休息幾天。"張松非常高興，於是一起上馬進城。

劉備為張松舉行宴會，隆重地歡迎他。喝酒的時候，劉備只説閒話，根本不提有關西川的事。張松用話試探説："你現在除了有荊州以外，還有哪些地方？"諸葛亮説："荊州是借的，東吳常派人來要。因為我主人是東吳的女婿，所以暫時住在這裏。"張松説："東吳已經佔據江東，國富民強，還不滿足嗎？"龐統説："我主人是漢朝皇帝的叔叔，反而沒有地方安身。其他的人，卻憑着自己的勢力佔據那麼多地方，很多人都為此感到不公平。"劉備説："二位不要説了，我對老百姓又沒有甚麼恩德，怎敢希望得到甚麼好處？"張松對劉備説："不對，你是漢朝皇帝的叔叔，對人民又寬厚仁慈，不用説佔據城市，就是當皇帝，也是應該的。"劉備立刻行禮感謝説："你説的太過分了，我不敢當。"

劉備請張松一連喝了三天酒，還是沒提西川的事。

第四天，張松向他們告辭，劉備又舉行宴會，為張松送行。劉備親自為他

斟酒，説："你看得起我，在這裏住了三天。這次分別，不知甚麽時候再能聽到你的教導。"説完，流下了惜別的眼淚。張松想："劉備待人這麽誠懇，我怎麽能捨棄他？不如勸他攻取西川。"想到這裏，就對劉備説："我常常想來投奔你，只是沒有機會。我看荆州這塊地方，東有孫權，北有曹操，很不安全。"劉備説："我也知道這些，但沒有別的辦法。"

張松説："西川地勢險要，土地肥沃，國富民强，有才能有遠見的人，早就盼望你到西川去。如果你帶兵攻取西川，一定會成功。漢朝也就會興盛起來。"劉備説："我怎麽能這樣做？劉璋也是漢朝皇帝的親戚，並且十分愛護西川的老百姓，我怎麽能去攻打他呢？"張松説："我並不是為了富貴就出賣主人，今天遇見了你這樣的好人，我把心裏話告訴你吧。劉璋是個糊塗人，有才幹的人得不到重用。而且張魯時常想侵犯西川，人心已經散了，大家都盼望得到一個賢明的主人。我這一次，本來是想去投靠曹操，可是曹操非常傲慢，所以特地來見你。你如果真想攻取西川，我願為你效力，不知你是甚麽意見？"

劉備説："我深深地感謝你的好意，但劉璋和我是同一祖先，如果攻打他，恐怕被天下人罵。"張松説："大丈夫活在世界上，應該盡早地幹一番事業。如果你現在不去，將來被別人佔領了，那後悔就晚了。"劉備想了一會兒説："我聽説去西川的道路非常難走，就是想去攻取，也沒有甚麽辦法呀！"張松立刻從身上拿出一張地圖，遞給劉備説："我這裏有一張西川地圖。看了它，就知道那裏的道路了。"劉備把地圖打開一看，上面詳細地註明了西川的地理形勢、交通要道、重要城鎮、錢糧倉庫等等。張松説："希望你能快些行動，我有兩位最好的朋友可以幫助你。如果他們兩人到荆州來，可與他們共同商量此事。"劉備感激地説："將來我如果成功了，一定要報答你。"張松說:"我遇到你這樣賢明的主人,不能不盡力,並不希望得到甚麼報答。"說完,才和劉備告辭。諸葛亮又命令關羽等人送了幾十里路。

　　劉備和諸葛亮就是用這欲擒故縱的辦法,贏得了張松的心,從而得到了西川的地圖。不久,劉備在張松的幫助下,被劉璋請進西川。後來劉備佔領了西川,形成了魏、蜀、吳三國鼎立的局面。

十九　趙雲截江

　　劉備帶兵進入西川以後，孫權得到了消息，立刻和周圍的人商量。有人説：“我們為甚麼不趁劉備遠征的機會，把荆州奪回來？”孫權聽了高興地説：“這真是個好辦法。”正説着，忽然從裏屋走出一個人來，大聲地罵道：“想出這種辦法的人應該殺了他！你們難道想害我女兒的命嗎？”大家吃驚地回頭一看，原來是吳國太。國太非常生氣地説：“我這一輩子只有一個女兒，嫁給了劉備，你們要和劉備打仗，我女兒怎麼辦？”又罵孫權：“你現在佔據着江東這麼多地方，還不滿足，為了小利，連親妹妹都不顧了嗎？”孫權連連回答：“是，是，母親的話，我怎敢不聽。”趕緊叫那些出主意的官員們都退下去。國太這才氣呼呼地走了進去。

　　見母親走了，孫權一個人站在那裏發起愁來，心裏想：“這個好機會如果失掉，哪一天才能得到荆州？”這時忽有一個大官走進來問孫權：“你為甚麼事這樣煩惱？”孫權説：“我正在想剛才的事情。”那位官員説：“這有甚麼可愁的？你派一位大將，帶領五百士兵，偷偷地進入荆州。給公主送一封密信，就説國太病得厲害，非常想念她，特地來接她連夜回東吳。劉備只有一個兒子阿斗，讓她把孩子一起帶來。然後，叫劉備用荆州來換阿斗。如果他不來換，再派兵攻取，國太也就沒意見了。”孫權聽了，連連點頭説：“這個辦法很好，我想派周善去，他最有膽量。”

　　周善帶領五百人扮作商人，坐着船，來到了荆州。他讓船停在江邊上，自己一個人進了荆州城。見到孫夫人，把帶來的密信交上。孫夫人見信上説母親病危，難過得哭了起來。周善説：“國太病危，日日夜夜只是想念夫人。如果你回去晚了，恐怕就見不到了。希望你帶着阿斗早些回去。”夫人説：“劉備正在西川打仗，我如果回去，必須告訴軍師諸葛亮。”周善説：“如果軍師説：‘這件事必須告訴劉備，等劉備回了話才能走’，那怎麼辦？”夫人説：“如果不説一聲就走，恐怕會受到阻攔，走不了。”周善説：“我已經在江邊上準備了船隻，現在就只等你出城了。”孫夫人一想到母親病得厲害，心中就十分着急。於是把七歲的阿斗抱到車上，隨着周善，離開荊州向江邊走去。等到僕人向諸葛亮報告消息時，他們已經上船了。

　　周善正想開船，忽然聽見江岸上有人高聲喊道：“不要開船，請讓我給夫人送行。”周善一看，是大將趙雲。原來趙雲查哨回來，聽到這個消息，吃了一驚，立即帶了四、五個人，騎着馬，飛快地追來。周善在船上拿着長矛，喊道：“你是甚麼人，敢來阻攔夫人回去！”並下命令叫軍士開船。士兵們把藏在船中的兵器也拿了出來。這時，水流很急，船飛快地在江中行駛。趙雲在江岸上一邊追，一邊喊：“夫人只管回去，但有一句話要跟你説。”周善不理趙雲，只顧催促船隻快走。趙雲沿江岸追了十多里，忽然看見岸邊有一條漁船。他手拿長槍，一下子跳到漁船上，朝夫人所坐的大船追去。周善叫軍士用箭射趙雲，趙雲舞動長槍撥掉射來的箭。離大船只有一丈多遠了，吳兵又用長槍向小船亂刺，趙雲撥開刺來的長槍，用力一跳，猛地跳上了大船。吳兵看了，個個驚得目瞪口呆。

　　趙雲進入船艙後，夫人把阿斗抱在懷裏，

生氣地問：“你為甚麼這麼沒有禮貌？”趙雲説：“你要到哪裏去？為甚麼不告訴軍師？”夫人説：“我母親病得厲害，沒有時間去告訴軍師。”趙雲説：“你回去看望母親，為甚麼要帶着小主人？”夫人説：“阿斗是我的孩子，留在荊州，無人照看。”趙雲説：“你錯了，主公一生，就只有這一個孩子。他還是我在長坂橋冒着危險救出來的，現在你卻要抱走他，這是甚麼道理？”孫夫人生氣地説：“你不過是劉備手下的一個將官，怎麼敢來管我家裏的事情？”趙雲堅持説：“夫人要回去只管走，小主人一定得留下。”夫人喝道：“你半路上跑到我的船裏，是想造反嗎？”趙雲堅決地説：“你如果不留下小主人，我就是死了，也不放你回去。”夫人叫身邊僕人把趙雲趕出去，趙雲把僕人推倒，又從孫夫人懷裏把阿斗奪過來，抱着跳到船頭上。

趙雲抱着阿斗，想要上岸，可是離岸太遠；想要打，又覺得不太合適。正在為難的時候，孫夫人又喊來僕人要奪阿斗。趙雲一隻手抱着阿斗，另一隻手舉着寶劍，僕人一個個都不敢靠近。周善不管趙雲，只顧駕駛着大船飛快前進。趙雲一點辦法也沒有，非常着急。

正在這十分危急的時候，忽然看見前邊有十多隻船開來，船上搖旗敲鼓。趙雲暗想：“這回可中了東吳的計了。”正在想着，忽見開來的一條大船上站着一員大將，手拿長矛，高聲喊道：“嫂嫂留下姪兒。”原來張飛聽到消息後，也急忙趕來，正碰上東吳的船。張飛讓士兵把東吳的船截住，自己拿着劍跳到孫夫人的船上。一劍砍死了周善，並把周善的頭扔到孫夫人的眼前。夫人看見了，驚叫一聲説：“兄弟為甚麼這樣無禮？”張飛説：“嫂嫂不把我哥哥放在眼裏，私自回家，這才是無禮。”夫人説：“我母親病得厲害，如果再跟你哥哥商量，肯定要誤事。你要是不讓我回去，我情願跳江自殺。”

張飛和趙雲商量："要是逼死夫人，我們倆就錯了。現在先保護阿斗回去吧。"於是張飛對孫夫人說："我哥哥對你那麼好，也對得起嫂嫂了。現在你回東吳去，如果還想着哥哥的恩德，希望嫂嫂早一些回來。"說完，抱着阿斗，和趙雲一起回到自己的船上，放走了孫夫人坐的船。

兩人抱着阿斗，駕着船往回走。這時，諸葛亮坐着大船正來接他們，見阿斗已經奪回，才放下心來，三人高高興興地回去了。

二十　關羽單刀赴會

　　孫權聽說劉備佔領了西川，就想讓劉備把荊州還給他。於是就派諸葛亮的哥哥諸葛瑾到成都去找劉備。劉備聽說諸葛瑾要來，就和諸葛亮商量好了對付他的辦法。

　　諸葛瑾到了成都，把孫權的信交給了劉備。劉備看後，十分生氣地說："孫權把他的妹妹嫁給了我，但乘我不在荊州時又偷偷把他妹妹接回東吳，這使我非常生氣。我本不想把荊州還給他，不過看在你的面上，就還給他一半吧！"諸葛瑾說："既然這樣，你就給關羽寫封信，讓他辦這件事就是了。"劉備說："好吧，不過你到了荊州要好好跟他商量，我二弟的脾氣很不好，連我都有些怕他。你一定小心。"

　　諸葛瑾帶了劉備的信到了荊州。見到關羽，就把信交給了他，並說："劉備已經答應先把荊州的一半還給東吳，今天就請你把這件事處理一下吧！"關羽聽後生氣地說："荊州本是大漢朝的土地，就是一尺一寸我也決不能給別人！雖然你帶來我哥哥的信，我也決不給！"諸葛瑾說："你怎麼一點情面都不講呢？"關羽說："要不是看在我們軍師諸葛亮的面上，今天我非殺死你不可！"

　　諸葛瑾沒有一點辦法，只得回東吳。他把事情的經過告訴了孫權，孫權十分惱怒。魯肅對孫權說："我想好了一個辦法想跟你談談。"孫權急忙問："你有甚麼辦法？"魯肅說："我們可以舉行一個宴會，請關羽參加。宴會上埋伏好軍隊，我們在宴會上向他要荊州，他不答應，就殺死他；如果他不來，我們再攻取荊州也不晚。"孫權說："很好，就這樣辦吧！"魯肅告別了孫權，來到陸口。作好佈置，然後派人給關羽送去一張請帖。關羽看了請帖對使者說："既然魯肅請我，明天我一定去赴宴，你先回去吧。"

使者走了以後，關羽的兒子關平說："魯肅請你赴宴，分明是想害你，父親為甚麼要答應呢？"關羽笑着說："我難道還不知道嗎？這是孫權看我不肯給他荊州，所以故意讓魯肅邀我赴宴，想在宴會上逼我交出荊州。如果我不去，他們就會說我膽小。我打算明天乘一隻小船，帶上十幾個人，只拿我那一把大刀去赴宴，看他魯肅能把我怎麼樣！"關平勸他說："父親擔負着重要的責任，如果發生意外，恐怕就要辜負我伯父劉備對你的委託！"關羽說："我與敵人的千軍萬馬作戰，都能得勝，難道還怕東吳這一羣老鼠嗎？"關平又勸道："從過去看，魯肅對我們還可以，但現在情況非常嚴重，我們不能不提高警惕。父親還是不去的好。"關羽說："戰國時期趙國人藺相如，是個不會打仗的文人，還能以智慧戰勝秦王；我是一個熟悉兵法的將軍，難道還怕他們？既然我已經答應了，就一定要去！"關平說："如果去的話，也要好好準備一下。"關羽對關平說："你選出快船十隻，水軍五百名，在江上等我。甚麼時候看到我的旗子在江邊搖動，就馬上過江接我。"關平接受了命令，就去準備了。

使者回到東吳，告訴魯肅說關羽已經接受邀請，明天一定來。魯肅作好準備，等待關羽。

第二天，魯肅在岸邊探聽消息。上午，他們發現江面上出現了一隻船，船上只有幾個人，還有一面紅旗，風一吹，旗上顯出一個很大的"關"字。船越來越近，只見關羽頭戴青巾，身穿綠袍坐在船中，旁邊周倉給他捧着大刀。還有八九個大個子，每個人腰裏插着一口刀。上岸以後，魯肅迎了出來，一看到關羽威風凜凜，不由得有點緊張。他急忙把關羽等人接到屋裏，互相問候了一番，接着就喝起酒來。關羽又說又笑，連連舉杯。魯肅看着關羽，倒有些害怕了。

關羽正喝得高興，魯肅説：“我有一件事要跟你商量：過去你哥哥借荊州的時候，讓我在孫權面前為他作保。當時他説，等得到西川以後，馬上歸還。如今他已經得到了西川，如果不還荊州，這不是説話不算話嗎？”關羽説：“這是國家大事，我們在宴會上最好不要談這些。”魯肅説：“我們江東的土地並不多，那時，我們所以把荊州借給你們，是因為看到你們打了敗仗，連住的地方也沒有。現在你們得了西川，荊州自然應該歸還。況且你哥哥已經答應先還一半，但是聽説你不同意，這恐怕從道理上説不過去。”關羽説：“答應歸還是我哥哥的事，跟我沒關係。”魯肅説：“我聽説你跟劉備在桃園結拜為兄弟，發誓同生共死，他跟你是分不開的，他的事就是你的事，你是不應推託的！”關羽還沒有回答，站在門外為關羽捧刀的周倉卻大聲喊道：“天下的土地，誰有德誰就應該佔領，難道只能歸你們東吳嗎？”關羽聽到周倉的話，故意生氣地走過去，從他手裏奪過自己的大刀，藉此機會給他使了個眼色，並大聲罵道：“這是國家大事，你怎麼敢多嘴，快出去！”

周倉明白了關羽的意思，馬上來到江邊，搖起紅旗。關平看到紅旗，立即命令十隻快船向江東開來，船像飛一樣，一會兒就到了。

這時在宴會上，關羽右手提着刀，左手拉着魯肅，裝作喝醉了的樣子説：“你今天是請我赴宴，不該提荊州的事。我已經喝醉了，談這事恐怕傷了我們過去的友情。過幾天，我請你到荊州赴宴，那時我們再談吧！”

魯肅被關羽拉到了江邊，嚇得渾身發抖。埋伏的軍隊想出來，又怕關羽殺了魯肅，誰也不敢動。關羽到了江邊，才放開魯肅。然後站在船頭向魯肅告別。這時魯肅像傻了一樣，眼看着關羽的船飛快地開走了。

二十一　空城計

蜀國丞相諸葛亮，為了復興漢朝，率領大軍攻打魏國。一路上，一個勝利接着一個勝利，一直打到祁山。

這一天，諸葛亮在祁山營寨中，忽然聽人報告：“司馬懿帶領大軍來抵抗，現在已經離這裏不遠了！”諸葛亮聽了大吃一驚，說：“司馬懿是個有本領的人，他一定會首先佔領街亭，截斷我們運糧的道路。”他問：“誰敢去守街亭？”話剛說完，參軍馬謖立即說：“我願意去！”諸葛亮擔心地說：“街亭雖是個小地方，但非常重要，如果丟了街亭，可就誤了大事了。你雖然懂得兵法，但那個地方一沒有城牆，二沒有天險，要守住可不容易啊！”馬謖說：“我從很小的時候就讀兵書，研究兵法，難道連一個小小的街亭也守不住嗎？”諸葛亮說：“司馬

懿可不是一般的將領，恐怕你戰不過他。”馬謖說：“不要說司馬懿，就是魏皇帝親自來了，我也不怕！假如我失掉了街亭，你可以把我全家都殺掉！”諸葛亮說：“軍隊裏可不能開玩笑。”馬謖說：“我願意立下軍令狀。”他立刻寫好軍令狀，交給了諸葛亮。諸葛亮說：“我給你二萬五千精兵，再派一員大將幫助你。”於是把王平叫來，對

他説："我知道你做事從來都謹慎小心，所以今天交給你這個重要任務。要想守住街亭，必須在要道上安營下寨，你到那裏安排好以後，派人把情況告訴我。如果你們守住了街亭，就是我們攻打魏國的第一功！"馬謖、王平辭別諸葛亮，帶兵出發了。

二人到了街亭，看了地勢後，馬謖笑着説："丞相想得太多了！像這樣一個偏僻的山區，魏兵怎麼敢來呢？"王平説："就是魏兵不敢來，我們也要在路口安下營寨，修築工事，做長遠的打算。"馬謖説："道路上怎麼能安營寨？那邊有一座山，山上的樹很多，是個險要的地方，我們可以在山上安營。"王平説："你這樣想就錯了。把營寨安在路口，修起障礙，敵人再多也不能通過；如果把營寨安到山上，魏兵從四面圍起來，我們怎麼辦？"馬謖大笑着説："你這是女人的見解，兵書上説：'佔領高地，帶領兵士往下衝，就能迅速地消滅敵人。'如果魏軍圍上來，我們就衝下去把他們殺得一個不剩。"王平説："我多次跟隨丞相打仗，每到一個地方，他都熱心地教導我。現在我看這座山是一個死地，魏兵要是斷我們的水，我們的隊伍不用打就會大亂。"馬謖説："你別胡説八道了！兵書上説：'使士兵處在最危險的情況下，他們才會拼命作戰，奪取勝利。'如果魏兵斷水，我們的士兵就會跟他們拼命。這樣，一個抵得上一百個！我熟讀兵書，平時丞相遇到不明白的事情還問我呢！你怎麼反倒不聽我的指揮！"王平説："你如果一定要在山上安營，就請分給我一部分隊伍，我要在山的西邊安上營寨。"馬謖説："你既然不聽我的命令，我就給你五千軍士，你自己去安排吧！不過等我打敗了魏兵，在丞相面前你可不能爭功！"王平在離山十里的地方安下了營寨，然後派人連夜把安營情況報告諸葛亮。

司馬懿的軍隊駐紮在離街亭不遠的地方，他讓二兒子司馬

昭去探聽消息，並説："如果街亭有兵防守，千萬不要輕易行動。"司馬昭了解情況後，對司馬懿説："街亭有兵防守。"司馬懿歎了一口氣説："諸葛亮真是一個神人啊，我不如他！"司馬昭笑了笑説："父親為甚麼要滅自己的威風呢？——我看街亭容易攻取。"司馬懿問："你怎麼敢説這種大話？"司馬昭説："我親眼看見街亭路口沒有障礙，軍隊卻駐紮在山上，所以我説不難攻取。"司馬

懿聽了大喜："如果他們的軍隊都在山上，這真是老天爺使我們成功啊！"於是親自帶領一百多人，騎馬來到街亭察看。馬謖在山上看到了他們，大笑着説："司馬懿如果還想活的話，就不要來圍山！"他向將領下了命令："如果司馬懿的軍隊來了，你們看到山頂上紅旗搖動，就帶領軍士往下衝！"

司馬懿回到營寨，打聽是哪一位將軍守街亭。一個人説："是馬謖。"司馬懿笑了笑説："這個人只有虛名，其實沒甚麼本領。諸葛亮用這樣的人，怎麼能不誤事呢？"他又問："街亭周圍有別的軍隊嗎？"一個官員説："離山十里有王平的營寨。"司馬懿就讓人帶領一支隊伍斷絕王平與山上的聯繫。又命令隊伍圍住山，並截斷道路，先不發動進攻。

第二天，馬謖在山上看見下面到處都是魏兵，隊伍十分整齊。蜀兵一個個非常害怕，誰

也不敢下山。馬謖把紅旗搖了一陣，那些將領們你推我，我推你，沒一個人敢動。馬謖十分憤怒，親自殺了兩個將領。大家沒辦法，只好往山下衝，可是根本衝不去，只得又退回山上。馬謖不得不讓軍隊守住營寨，等待王平援助。

王平去支援馬謖，可是因為人少力弱，被迫退了回去。馬謖被圍了一天，因為沒有水，士兵們連飯也吃不上。營寨中一片混亂。半夜，山南邊的蜀兵打開寨門投降了魏軍。司馬懿又命令放火燒山，這一來，山上更亂了。馬謖只得帶領剩下的隊伍往西衝殺。司馬懿故意讓開一條路，放馬謖下山，然後又從後邊追殺。馬謖接連失敗，二萬人馬只剩下幾千了。

這時司馬懿命令軍隊停止追趕。有人問為甚麼不追，司馬懿說："如果我們繼續追，諸葛亮一定會從我們背後打過來。那時，我們就要吃大虧了。如今諸葛亮失了街亭，他一定要退兵。我們趁這機會去攻擊，就能打個大勝仗。"於是，司馬懿率領十五萬大軍去攻打諸葛亮存放糧草的西城。

諸葛亮自從派馬謖等人去守街亭以後，總是放心不下。正在這時，王平派來的人到了，向諸葛亮報告了安營的情況。諸葛亮聽後，不禁大驚失色，說："馬謖太無知了，我的軍隊被他毀掉了！"左右的人問："丞相為甚麼這樣說呢？"諸葛亮說："馬謖沒有在街亭路口安營，卻把營寨安到了山上。如果魏軍把山四面圍上，再斷了他們取水的道路，不用兩天，軍隊自己就亂了。一旦失掉街亭，我們就只好撤兵了。"諸葛亮剛剛說完，忽然傳來消息說："街亭已經被魏軍佔領了！"諸葛亮長歎一聲說："一切都完了！這都是因為我用錯了人啊！"他立即命令軍隊暗暗收拾東西，準備撤退。

諸葛亮自己帶上五千兵士去西城搬運糧草。忽然有人跑來報告："司馬懿帶領十五萬大軍，向西城方向來了！"這時諸葛亮身邊沒有一員大將，只有一些文官；他帶領的五千兵士，有一半已經運糧草走了，城內只剩下兩千五百名。那些文官聽說敵軍已到，嚇得臉都變了色。諸葛亮登上城樓向遠處看，果然塵土衝天，魏軍分兩路朝西城攻來。諸葛亮鎮靜地傳下命令說："把所有的旗子都藏起來；城上的兵士要呆在崗棚裏，誰要出來走動或高聲説話，就殺死誰！另外，把四個城門全部打開，每一個城門找二十個軍士，裝作老百姓，打掃街道。魏軍來時，我自有辦法對付他們。"安排完後，諸葛亮讓書僮給他拿着一張琴，上了城樓。他坐在城樓上，點起香，面對着十五萬敵兵，竟安閒地彈起琴來。

司馬懿的先頭部隊來到城下，看見這種情況，不敢進城，急忙回去報告。司馬懿一聽就笑了，根本不相信，他親自到前邊向城上觀望，果然看見諸葛亮坐在城樓上，面帶笑容，正在彈琴取樂，樣子十分安閒。城門附近有一些老百姓低着頭掃地，好像甚麼事情也沒有發生似的。司馬懿看到這種情況，疑心自己中了諸葛亮的埋伏，立刻命令軍隊撤退。司馬昭説："是不是諸葛亮沒有軍隊，故意裝出這個樣子？父親為甚麼要退兵？"司馬懿説："諸葛亮一生都是很謹慎的，從來沒有冒過險。今天他大開城門，一定有埋伏，我們如果進城，肯定會吃大虧！諸葛亮的本領你們哪裏知道？快快退兵！"很快，司馬懿的軍隊都退走了。

諸葛亮看到魏軍撤退以後，笑了起來。那些文官卻非常吃驚，問諸葛亮："司馬懿是魏國的有名將軍，今天帶領十五萬大軍到了這裏，看見你以後，就馬上退走，這是為甚麼呢？"諸葛亮説："司馬懿知道我從來小心謹慎，不肯冒險；今天見我這樣安排，就懷疑城裏埋伏着軍隊，所以退走了。我不是願意冒險，這實在是沒有辦法的辦法啊！"聽了諸葛亮的話，大家都非常佩服地説："丞相的計策，鬼神都難以預料！要是按我們的想法，早就丟掉這座城逃跑了。"諸葛亮説："我們只有兩千五百人，若是逃跑，跑不多遠，就會被司馬懿捉住。"說完，諸葛亮就帶着軍隊離開西城，向漢中撤退。

到了漢中以後，諸葛亮把王平叫來，生氣地說："我讓你跟馬謖守街亭，你為甚麼不勸他？"王平說："我再三勸他，可他根本不聽。丞相如果不信，可以問問跟我們同去的各位將領。"諸葛亮讓王平出去，又把馬謖叫了進來。

馬謖讓人把自己捆起來，跪在諸葛亮面前。諸葛亮憤怒地說："我多次告訴你，街亭關係到全軍的勝敗，你用你全家的性命作保證接受了這個任務。如果你聽王平的勸告，怎麼會發生這樣的大禍？這都是你的錯！我假如不把你殺掉，全軍都會不服！"馬謖哭着說："丞相平日待我像自己的兒子一樣，我也把丞相當作父親。這一次是我犯了死罪，應當受到懲罰，只是希望丞相照顧好我的孩子，我死後就可以閉上眼睛了。"說完又痛哭起來。諸葛亮也流着眼淚說："我跟你的情義如同兄弟一樣，你的孩子就是我的孩子，你不用操心了。"說完，命令軍士把馬謖殺了。

斬馬謖

精選白話三國演義

不一會兒，軍士把馬謖的頭獻到諸葛亮的面前。諸葛亮不禁放聲痛哭。有一個將軍問："馬謖因犯罪而被殺，丞相為甚麼哭呢？"諸葛亮說："我不是哭馬謖，我是想起了先帝劉備臨死的時候，曾對我說：'馬謖愛說大話，這樣的人不能重用。'我恨自己糊塗，沒聽先帝的話，因此痛哭。"周圍的將軍們聽了，也都流下了眼淚。

二十二 死諸葛嚇走活司馬

諸葛亮帶領一支隊伍駐紮在五丈原，準備同司馬懿決戰。司馬懿本來就怕諸葛亮，又剛打了敗仗，所以根本不敢出戰。諸葛亮每天派人到魏軍的營寨前挑戰，罵司馬懿是膽小鬼，可司馬懿好像沒聽見一樣，就是不出來。

為了把司馬懿引出來，諸葛亮派人給他送去一套女人衣服，還寫了一封信。信中說："你既然是魏國的大將，就應該帶領軍隊打仗，若總躲着不出來，這跟女人有甚麼不一樣？現在派人給你送了一套衣服，如果不想打仗的話，就穿上它，好好打扮打扮，趕快回家去吧，別再帶着兵在這兒丟人啦！"

司馬懿看到信，心中大怒，但他馬上使自己平靜下來，不但不生氣，反而笑着說："諸葛亮把我看成女人了！"於是他收下了衣服，款待使者，並仔細打聽諸葛亮的身體情況。

使者回答說："丞相早起晚睡，工作很多，可是飯卻吃得很少。"司馬懿聽了點點頭，微笑着對將士們說："諸葛亮吃得很少，事情又那麼多，這能活得長嗎？"

使者見了諸葛亮，就把司馬懿收下衣服並不發怒的事說了，還把司馬懿對將士說的話也告訴了諸葛亮。諸葛亮聽了，想到自己越來越壞的身體狀況，歎了一口氣說："司馬懿太了解我了！"左右的人勸諸葛亮說："你是丞相，只管大事情就可以了，一些小事，可以讓別人去辦。可你不管大事小事，都要親自料理，沒日沒夜地忙，這不是太傷身體了嗎？司馬懿的話值得考慮啊！"諸葛亮流着眼淚説："這一切我並不是不知道，但是先帝臨死時，把太子託付給我，囑咐我幫助他管好國家。我時時刻刻都怕辜負了先帝的囑託，所以事無大小，都想親自料理，惟恐別人不像自己這樣盡心。"大家聽了，都感動得流下了眼淚。從此以後，諸葛亮的身體更加不如以前。

一天，諸葛亮忽然暈倒在地，大家把他救過來以後，他歎息説："我恐怕活不了多長時間了。"第二天，他帶病料理軍中事務，一邊工作，一邊不停地吐血。

夜間，他勉強支持着生病的身體，坐上小車，讓軍士們推着，出去巡視各處營寨。秋風吹來，感到一陣寒冷，不禁悲涼地仰天長歎："再也不能為國打仗了！蒼天哪蒼天，為甚麼這樣逼迫我啊！"

巡視完畢，回到帳中，諸葛亮的病更加沉重。他要人拿來筆墨，給劉備的兒子後主寫了一封信，報告了自己將死的消息，談了對他的希望。信最後寫道："我家有一些桑樹和一些田地，孩子們靠這些生活足夠了。我在外做官，隨身衣食都是國家發的，除此以外，沒有任何財產。我沒有辜負你對我的信任。"

諸葛亮把楊儀叫來，對他安排後事説："我死以後，不要辦喪事。這樣司馬懿就會認為我還活着，不敢輕易向我們進攻。你們趁此時小心撤退，讓大將姜維殿後。如果司馬懿得知我死了，前來追趕，你可把我的木像放在車上，推到隊伍的前邊，讓大小將士站在兩旁。司馬懿看到木像，以為我沒有死，一定會嚇跑的。"楊儀説："我一定按照丞相説的做。"大家又問了諸葛亮一些別的事，他都一一做了回答。突然諸葛亮不説話了，大家走近一看，他已經停止了呼吸。他死的時候五十四歲。

諸葛亮死了以後，楊儀按照他的話，沒有辦喪事，而是秘密傳下撤退的命令。

司馬懿早就知道諸葛亮病得很重，這幾天，他根據情況判斷，諸葛亮可能已經死了。於是，傳下命令，向蜀軍進攻。可是隊伍剛出寨門，他又猶豫起來："如果諸葛亮沒有死，我一定要吃大虧！"想到這裏，他又下令讓部隊退回，只派了一員大將帶領十幾個人偷偷地去打聽消息。當這些人來到五丈原時，蜀國的軍隊已經都撤走了，連一個人也沒看見。他們急忙回去報告。司馬懿急得跺着腳說："諸葛亮真的死了！我們要趕快追擊！"說完，就同他的兩個兒子帶領一支軍隊向五丈原奔去。他們搖旗吶喊，司馬懿對他的兩個兒子說："我要親自帶領先頭部隊去追！"

司馬懿追到一座山下，望見蜀軍已經離得不遠了，就加緊往前衝去。忽然，聽到山後一聲炮響，接着一片喊殺聲，只見蜀軍又殺了回來，樹林中一面大旗在空中飄揚，旗上寫着：漢丞相諸葛亮。司馬懿大吃一驚。接着，又看到從蜀軍隊伍中推出一輛四輪車，諸葛亮手裏拿着羽毛扇，端端正正地坐在車上。司馬懿一看諸葛亮真來了，可嚇壞了，喊道："諸葛亮還活着呢！我又上了他的當了！"急忙帶領軍隊往回跑。這時，蜀國大將姜維在後邊大聲喊道："往哪裏跑！你們已經中了我們丞相的計了！"這一下，把魏

國的官兵嚇得魂都沒有了，他們紛紛丟下武器，只顧逃命。司馬懿一氣跑了五十多里，後邊兩個魏國的將軍追了上來，對他說："都督不要驚慌！"司馬懿用手摸了摸頭說："我的頭還有嗎？"兩個魏將說："都督不要害怕，蜀軍離我們已經很遠了。"司馬懿喘息了半天，才平靜下來，往兩邊看了看，才明白跟自己講話的原來是身邊的兩員大將。這兩位將軍陪着他一直跑回了營寨。

過了兩天，老百姓來報告："蜀軍撤退時，一片痛哭的聲音，空中飄揚着白旗：諸葛亮確實是死了。他們的軍隊撤退時，只留下姜維帶着一千多兵士在後邊掩護。前天看到的坐在車上的諸葛亮，是個木頭人！"司馬懿聽後長歎一聲說："他活着的時候，我時刻提防中他的計，沒有想到他死後，還使我上了當。"以後人們常說"死諸葛嚇走活司馬"，指的就是這個故事。

二十三　樂不思蜀

魏軍攻到了成都，蜀國皇帝——劉備的兒子劉禪 (幼時小名阿斗) 嚇得不知怎麼辦才好。最後他不顧大家的反對，帶領文武官員投降了魏國，蜀國從此就滅亡了。後來，劉禪和他的幾個大臣被帶到了魏國的首都洛陽。

劉禪等人到了洛陽，魏國大將軍司馬昭嚴厲地對他説："你只知玩樂，不知道好好管理國家大事，結果亡了國，憑這些就應該殺死你！"一聽這話，劉禪嚇得臉都白了，一句話也説不出來。這時站在司馬昭旁邊的文武官員們説："既然他已經向我們投降了，就寬恕他吧。"司馬昭聽了大家的話，就把劉禪封作安樂公，還送給他許多金錢和僕人。

第二天，劉禪親自帶領隨他來的蜀國官員，到司馬昭住的地方去表示謝意。司馬昭安排了酒宴招待他們。宴會上，司馬昭故意叫他們觀看魏國的歌舞，蜀國官員都非常傷心，只有劉禪看得十分高興。過了一會兒，司馬昭又叫蜀國人演奏蜀國音樂，蜀國官員聽了都流下了眼淚，可劉禪卻又説又笑，一點也不在意。司馬昭悄悄地對身邊的官員説："一個人沒有感情竟能達到這種地步，就是諸葛亮不死，也無法幫助這種人治理國家啊！"他又問劉禪："你思念蜀國嗎？"劉禪説："我在這裏覺得很快樂，不思念蜀國。"

　　過了一會兒，劉禪去廁所，蜀官郤正跟了出來，對他説："你怎麼能説不思念蜀國呢？如果他再問你的話，你可以哭着説：'父親的墳墓還在蜀國，我心裏很痛苦，沒有一天不思念蜀國。'這樣，司馬昭很可能放你回去。"劉禪記住了這幾句話，回到宴會上。劉禪喝得快要醉的時候，司馬昭又問他："你思念蜀國嗎？"劉禪就按照郤正的話説了一遍，他覺得應該哭，可是沒有眼淚，於是就把眼睛閉了起來。司馬昭説："你講的怎麼好像是郤正的話呢？"劉禪驚奇地睜開眼説："正是郤正讓我這麼説的。"司馬昭及左右的人都笑了。從此以後，司馬昭很喜歡劉禪的誠實，也知道他是個沒用的人，就不把他放在心上了。

《三國演義》中的
"七分實，三分虛"

　　《三國演義》是歷史小說，清人章學誠說它七分真實，三分虛構，成了評論《三國演義》的名言。小說是文學，可以虛構，不需要百分百真實。《三國演義》是小說，比它早一千年的正史《三國志》，則是追求真相的歷史書，兩本書雖然都以三國時代為背景，以三國人物為主角，以三國的事為情節，但是目的不同，手法也就不同。

　　所以《三國演義》中的歷史人物和事件，有誇張渲染，有省略簡化，有故意張冠李戴之處……以"火燒赤壁"為例，《三國志》對這場戰爭的描述非常簡單，書中既沒有龐統的連環船計，也沒有周瑜打黃蓋的苦肉計，連草船借箭也沒有，更沒有諸葛亮借東風。火攻是黃蓋出的主意，蔣幹中了周瑜的反間計，是在赤壁之戰之後。

　　又如貂蟬這個美女，歷史上並無記載，可能是小說虛構的，《三國志》只講過呂布與董卓的侍婢私通，沒有姓名。

　　再如人人皆知的"空城計"，歷史上有，但主人公卻是趙雲，而非諸葛亮，時地也與小說的不同。《三國演義》移花接木，安在諸葛亮身上，是為塑造和加強諸葛亮足智多謀的形象。小説裏擺空城計的前後，有失街亭和諸葛亮揮淚斬馬謖，高潮迭起，軍令和友情的衝突、諸葛亮大公無私的性格，也令人印象深刻。

　　《三國演義》改變歷史的地方還有很多，改得成不成功，是不是都起到豐富情節、突出人物、推動高潮的作用，大家可以對比史實和小説，各自評論。《三國演義》作為文學作品，十分成功。可是，如果把《三國演義》當作真的歷史來讀，甚至據之評論歷史，那就走錯路子了。

趣味重溫（2）

一、你明白嗎？

1. 請將下列事件與人物用連線配對：

   a. 七擒七縱　　　　　　周瑜

   b. 敗走華容道　　　　　劉備

   c. 賠了夫人又折兵　　　趙雲

   d. 樂不思蜀　　　　　　曹操

   e. 百萬軍中藏阿斗　　　孟獲

   f. 六出祁山　　　　　　張飛

   g. 三顧茅廬　　　　　　劉禪（阿斗）

   h. 喝斷長坂坡　　　　　諸葛亮

2. 周瑜讓蔣幹盜書，是用_____計；諸葛亮對黃忠是用_____法，智退司馬懿率領的十五萬大軍，是用_____計。

3. 請按時序先後，排列以下事件：

   a. 蔣幹盜書，黃蓋苦肉計，借東風，龐統獻連環船計，割鬚棄袍，曹操殺水軍首領

   b. 揮淚斬馬謖，失街亭，登樓彈琴

   c. 過五關斬六將，曹操敗走華容道，關羽立軍令狀

二、想深一層

1. 請指出以下唐詩中所寫的主角和事件。

   a. 功蓋三分國，名成八陣圖，江流石不轉，遺恨失吞吳。

   　　　　　　　　　　　　　　　　　　　　人：_____

b. 折戟沉沙鐵未銷，自將磨洗認前朝，東風不與周郎便，銅雀春深鎖二喬

　　　　　　　　　　　　人：＿＿＿＿＿　事：＿＿＿＿＿

c. 出師未捷身先死，長使英雄淚滿襟。

　　　　　　　　　　　　　　　　　　人：＿＿＿＿＿

2. 《三國演義》中有些人物已成為典型，試將人物所代表的典型用斜線配對：

a. 足智多謀　　　　趙雲

b. 奸詐　　　　　　魯肅

c. 性烈　　　　　　司馬懿

d. 忠厚　　　　　　關羽

e. 昏庸　　　　　　諸葛亮

f. 老謀深算　　　　張飛

g. 常勝將軍　　　　曹操

h. 義氣　　　　　　劉禪

三、延伸思考

1. 《三國演義》和《水滸傳》都塑造了一個足智多謀的軍師形象，一個是諸葛亮，一個是吳用。他們有何共同特點？

2. 周瑜聰明且有才幹，為甚麼碰到諸葛亮會失敗呢？在日常生活中，你是否也覺得自己像周瑜一樣，遇到一個總是勝過你的對手？你如何面對這樣的對手？

參考答案

趣味重溫（1）

一、你明白嗎？
1. a, b, b
2. b
3. b, c, a

二、想深一層
1. a. 多疑　b. 殘酷　c. 自私／冷酷

2. 如成語：桃園結義；過關斬將；一時瑜亮；樂不思蜀；既生瑜，何生亮；
   大意失荊州；賠了夫人又折兵；鞠躬盡瘁，死而後已

3. a. 一個願打　一個願捱
   b. 廖化作先鋒
   c. 一去沒回頭

三、延伸思考
（此部分不設答案，可自由回答）

趣味重溫（2）

一、你明白嗎？

1.
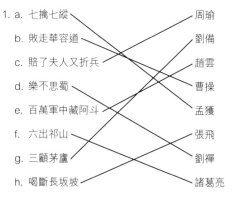

2. 反間計；激將法；空城計

3. 排時序：
   a. 蔣幹盜書，曹操殺水軍首領，黃蓋苦肉計，龐統獻連環船計，借東風，割鬚棄袍
   b. 失街亭，登樓彈琴，揮淚斬馬謖
   c. 過五關斬六將，關羽立軍令狀，華容道

二、想深一層
   1. a. 諸葛亮　　b. 周瑜，赤壁之戰　　c. 諸葛亮

   2. 連線配對：

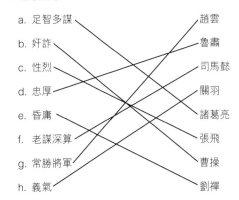

   a. 足智多謀　　　　　　　　趙雲
   b. 奸詐　　　　　　　　　　魯肅
   c. 性烈　　　　　　　　　　司馬懿
   d. 忠厚　　　　　　　　　　關羽
   e. 昏庸　　　　　　　　　　諸葛亮
   f. 老謀深算　　　　　　　　張飛
   g. 常勝將軍　　　　　　　　曹操
   h. 義氣　　　　　　　　　　劉禪

三、延伸思考不設答案